轉眼分離乍

賴瑞卿

推薦序

悠遠迷人的老時光——序《轉眼分離乍》

◎宇文正（作家、《聯合報》副刊主任）

敍事散文，可視爲歷史的一環，並且因爲細節豐富，往往比史家撰述更翔實可徵。我讀賴先生的散文集《轉眼分離乍》，不僅讀到深厚的情感，也有讀地方史、現代史的知性收穫。

我稱這本書作者賴瑞卿「賴先生」，這樣喊他三十多年了。大學畢業不久，我進入一家號稱「國內第一本男性時尚雜誌」《風尚》工作，賴先生是總編輯，也是創辦人。

那是解嚴前夕，一個雜誌大爆炸的年代，也是人們說「你如果想要害一個人，就勸他去辦雜誌」的年代。我在《風尚》學習到所有關於記者、編輯的專業能力，也得到賴先生的照顧和提拔。可惜雜誌經營不易，後來《風尚》轉手財團，賴先生離開後，我也去職另覓出路了。

多年後回首，我覺得賴先生心中想辦的，或許根本不是人們想當然耳的那種「男性雜誌」，而是一本人文雜誌吧。比如一九八七年解嚴後，《風尚》雜誌是第一個登上綠島採訪、做專輯的媒體。比如杜月笙百歲冥誕（一九八八）前，賴先生囑我去採訪章君穀先生。爲應付那採訪，我火速買來章君穀《杜月笙傳》拜讀，還跟攝影編輯去汐止大尖山下尋訪杜月笙墓。這怎會是滿紙流行、美食、品酒的時尚雜誌會做的主題？

賴先生的人文、歷史關懷，讓他沒辦法「專心」辦一份時尚雜誌，那麼就自己書寫吧！這些年來，他的一篇篇散文，總帶引我們進入悠遠迷人的老時光。

本書開篇〈興中戲院〉，幽暗詭異如「毒氣室」一般的興中戲院裡，風情萬種的舞台上，來去的是流浪的歌舞團，這篇像是寫早年歌舞團年代的劇院興衰史，但篇末筆鋒一轉，賴先生當年喜吹小喇叭的初中同學，迷上了歌舞團的一位女子，竟然就離家跟著歌舞團走了，不知所蹤，這像是看歐洲老電影了。而〈異味諜影1958〉、〈孤寂諸羅山〉裡，則從孩童的眼睛，看白色恐怖時期的社會氛圍，以及本省、外省族群初交會的種種激盪。筆觸的情感溫柔敦厚，毫不尖刻。

〈新生食堂〉說的是賴先生自己的故事，家的故事，也可說是這部書的靈魂。勞苦一生的父親，一身手藝卻大起大落，最後開了新生食堂，一年只休大年初一一天，「武士在沙場戰死，廚師在廚房累死」，「新生食堂」終在父親歿後轉手，兒女不再有人從事餐飲。動人的親情散文，鋪陳的卻又是一章跨越台灣光復時期的庶民餐飲業變遷史。圍繞著新生食堂，〈母親的哭聲〉裡刻畫了一位性烈如火，卻一生勞碌憤怨的女性；〈素琴大姊大〉則描繪了堅毅刻苦的女子典型。

賴先生善寫人物，輯二「陽春麵的味道」裡，靠一個小麵攤養活一大群親戚的胖子（〈陽春麵的味道〉）令人印象深刻，〈原罪〉述說五金行貴姐崎嶇的人生，喋喋不休卻又勇往直前的〈安娜〉教人莞爾，天兵型的幫派份子〈i幫的東尼小子〉、詼諧諷世的〈大師走了〉皆是一幅幅生動的浮世繪。而緬懷爲西貢做最後報導的時報特派員何燕生，以及同代哥們毛鑄倫、秦正華、陳立元、張叔明……等等篇章，不但人物躍然紙上，更是一則則時代的傳奇。

輯三「雪中送別」是優美的旅行文學，淡筆書寫行旅見聞，更照見作者的歷史情懷與文化涵養。輯四則回到生活中的細碎體悟。在〈轉眼分離乍〉這一篇裡，一名病人唱著〈魯智深拜別山門〉：「沒緣法　轉眼分離乍／赤條條　來去無牽掛……」這一曲調，彷彿全書的基調，所有的回憶啊，盡付笑談中……。

推薦序

一座充滿感動的城市

◎黃敏惠（嘉義市市長）

文學從感動的開始，藉由文字的穿透力，分享生活中最美好的故事與情感。嘉義市位處於嘉南平原中心城市，在面積六十平方公里、人口數二十六萬餘人中，西部縱貫鐵公路匯集與阿里山鐵路的起點，百業興盛，人文底蘊深厚，有台灣民主聖地、畫都、木都、管樂之都等美稱。

從一九三一年KANO年代、二戰，到農工轉型各重要階段，嘉義人勤勉踏實、樂觀開朗，人文與浪漫的生活態度，形塑出自由奔放的城市性格，二〇二一年台灣設計展在嘉義市，年度主題「家意．以城爲家」，充分表達這是一座剛剛好的城市。

賴瑞卿君，生長於嘉義市，學校畢業後從事教書、貿易，最後投入喜愛的媒體工作，經年來以第一手新聞採訪視野，細膩的筆觸，不斷地發掘、描述生活中的感動。期間更不斷地投稿、撰書，記錄豐富的人生閱歷。本書用四分之一篇幅書寫對嘉義回憶，如〈興中戲院〉、〈新生食堂〉、〈異味諜影1958〉、〈孤寂諸羅山〉、〈素琴大姊大〉及〈陽春麵的味道〉等，句句傳神，篇篇都是在地情感，具體呈現了嘉義城市發展的風華。

今年是嘉義市升格四十周年，又逢賴君出書之際能提早拜讀，身爲嘉義人，敏惠受邀寫序備感溫馨與榮耀，也期望此書讓更多人分享精采的嘉義人文之美，親自造訪這座精采的城市。

自序

靈魂內裡的陳設

你知道雪有各種姿態，不一定是潔白、明亮，有時是蒼白、荒涼的。

你發現夏天是狂野的季節、冒險的季節，也是送別的季節。

你知道去市場買菜，至少有大買、中買、小買、閒買、亂買五種買法。

你發覺到傳統市場採買，必須先忘掉三件事。

你知道「夕陽西下，斷腸人在天涯」，在北海道是什麼景象？

你見過狸媽的帳簿，去過新潟的居酒屋，路過驛前的夜店，聽到桃子、貴子、結子嬌聲嗲氣的送客聲。

你去過作並溫泉，體驗寒冬之際，溫泉鄉的荒涼。

你曾坐上破舊的麵包車，一路顛簸搖晃，以爲會遭遇不測，最後到達頂級的觀光飯店。

你曾造訪卽墨古戰場，看田單用火牛陣攻破燕軍的孤城，如今是什麼樣貌。

你發現有一種理想：單騎走天涯，哪裡有不平，就把群衆聚起來，把傳單印出來，把旗子升上來，把革命搞起來。

你原以爲人生這場戲，你是主角，到頭來，才知是配角，等候上場的時候多，眞正登場的機會少。

你終於發現，人生這筆帳並不難算，你虧欠人家一點，別人也欠你一點，加加減減，一生就過完了。欠別人多的是壞人，別人欠你多的是好人。如果大家都欠你，你就是聖人。

你發現寫散文是一種幸福，閱讀也是。

寫作的幸福是將心裡的話說出來，說來容易，卻常有客觀的困難，有時是喜悅溢於言表，有時是傷痛太過悲慘，有時是挫折過於巨大，有時是事情艱難複雜，它的本質尚未浮現，這些都讓心思無法表達。

直至那麼一天，突然靈光一閃，了悟其中環節，可以準確地抒懷，朦朧的事物變得清晰，喜悅可以一再回味，哀傷可以舒解，傷痛得以撫慰，其中的酸甜苦辣，在個人看來是一種幸福。

閱讀也是一種幸福，作者敞開心窗，靈魂內裡的陳設一覽無遺，有幸引起共鳴，讀者就像看中一套漂亮的沙發，忍不住驚叫：啊，這就是我喜歡的樣式。或許未必中意，可能嘀咕一聲：床罩怎會有這種顏色？無論鍾情與否，都是一種交流，彼此的靈魂在暗地裡配對。它沒有繪畫複雜，沒有音樂婉轉，直接觸及心弦；它始於作者的想像，終於讀者的想像，雙方都得到樂趣。

永遠忘不了，二〇〇一年一個暮春的夜晚，半夜經過鄰宅，發現原先璀燦怒放、直達天際的花海，居然消失得無影無蹤，青嫩的綠芽掛滿樹梢，原來櫻花謝了。奼紫嫣紅開遍的惆悵剎時襲來，花謝花飛花滿天的場景自動流轉，憶起兒時這時節，總有遠客捎來櫻花，擺放在寒酸的家裡，飽受呵護的情景，又想到造訪京都時，偶遇花期，層層繽紛蓋天遮雲的奇景，內心澎湃不已，發表第一篇散文〈暮春櫻語〉。

一轉眼，二十個寒暑過了。在這段不算短的日子裡，個人渡過波濤洶湧的壯年，到了世故滄桑的年紀，在案牘勞形的空檔中，在柴米油鹽的栖惶間，在人情冷暖的浮沉裡，點點滴滴地記錄了生活的感觸，一個小人物二十年的心情告白，如今與朋友們分享。

目次

輯二 陽春麵的味道

輯三　雪中送別

輯四　轉眼分離乍

輯一

孤寂諸羅山

興中戲院

在滷肉飯一碗兩塊錢，雞肉飯三塊，城裡的電話只有四碼，私家用的黑頭車只有數十部，鬧區氣派的樓房不過三層高的年代，說起興中戲院，那眞是「頂港有名聲，下港有出名」。

當時，網路還無蹤影，電腦還是神話的想像，高速公路是外國的玩意兒，上阿里山只能搭森林火車，氣喘吁吁地蜿蜒攀爬，縱貫線是唯一的交通動脈，連結島內的五湖四海，任何人敢嗆聲在縱貫線走跳，就令人肅然起敬，若說他是縱貫線的大哥，簡直是最高的禮讚。其時登哥還是囝仔，義大仔剛在車頭嶄露頭角，山口組是像聯合國一樣遙遠的組織。明面上，地方事務有各處的派出所分局管轄，私底下，卻是菜市仔的紅粿、北社尾的罔市、番仔溝的小龍、北港車頭的瘦猴、噴水的黑點在發落，這是興中戲院的黃金時代。

當時在諸羅山長大的，沒去過興中，也聽過它的大名；沒看過它的歌舞團，也瞧過它煽情的海報；沒瞧過它的海報，也聽過宣傳車穿街走巷的廣播。談起興中令女人鄙夷，男人尷尬。雖然去興中，是社會默認的成人禮，是轉大人的分水嶺，中學生到了興中才發覺教科書上的插圖是騙人的，是供醫護人員解說內臟器官的參考。女人的身體不像圖片所示，有如洗臉檯的水管通道，七拐八彎的，而是地形複雜的叢林幽谷，想尋幽訪勝，除了去興中，還能到哪？

戲院設在大中至正的中正路上，奇怪它怎未被勒令遷到偏僻的巷道，竟然在堂堂的中正路幹起營生，也是耐人尋味。不過雖說設在中正路上，但從中正路進來，要經過一條長巷，才能到達門口。巷子說長不長，說短不短，似乎幾步路就可以走盡，可又長到把戲院和馬路隔開，營造出一種隱密的感覺，好像進入這個場域，就走進另一

已經熄燈的國寶戲院就是昔日的興中戲院（攝影／楊志隆）。

個世界，事實也是如此。進入長巷，人們發覺它和另一條巷子垂直交接，興中就位於兩巷交接的Ｔ字口，戲院周邊，有些賣紐扣、拉鏈、香燭、紙錢、五金、雜貨的鋪子，陳設的商品大多灰撲撲的，好像從未換過，時光似乎在這裡停滯，不過這些鋪子對於訪客卻有一種掩護作用，萬一和熟人不期而遇，可以假裝是來買這看那的，大家心照不宣，頷首微笑，也就過了。

戲院開演的時候，入口照例有三、四個人把關，女人負責驗票，男人負責警戒，預防宵小滋事或差人臨檢，儘管有座位，許多觀眾還是習慣擠到舞台周圍，占據有利的位置。在簡陋的、凹凸的、充滿灰塵，像棧板拼接的舞台上，色彩繽紛的燈光到處流轉投射，穿著清涼的舞孃在台上扭動，不時向觀眾拋媚眼，或用櫻桃小嘴笑罵觀眾豬哥，轉身面對樂隊時，也不忘和樂師鼓手調笑。

表演是違法的、空氣是汙濁的、氣氛是詭異的，舞台上方照例有一盞燈，平時是暗的，只有差人到訪時，燈才打亮，提醒觀衆們稍安勿躁。果然燈光一亮，豔舞和撩人的動作就變成有益身心的體操，音樂從銷魂蝕骨的Summertime，轉爲藍藍的天，白白的雲，藍天白雲好時光，氣氛一下子昇華到健康勵志。觀眾趁機喘口氣，有上廁所的，有吃血壓藥的，彼此交頭接耳，怨嘆差人壞了好事。神經一旦鬆弛，感官就恢復正常，空氣中一股歌舞團獨有的刺鼻嗆味，四面八方洶湧過來，那是汗臭、菸味、霉味、尿騷、脂粉和各種體液的混合。最刺鼻的是尿騷，從舞台旁的廁所傳來，廁所牆上有許多不堪入目的塗鴉，從未清洗的便池經過長期腐蝕，已經呈現一片像鋼刷刨過的濁黃，褐色的檳榔汁和白色的香菸頭，滿地都是。一下雨，水泥地馬上變成黃泥地，滿是汙水泥濘。來這裡簡直像進了毒氣室，很想逃離，一旦離開，時日久了，又懷念那股齷齪的味道。

觀眾來去自如，悉聽尊便，歌舞團員可沒這麼輕鬆，這是她們工作和生活的場所，得在台上賣風情，得在台下柴米油鹽，那廂還在扭腰送臀，這廂就得蹲在地上，生爐火，備三餐，沒有客廳要打理，衣服卻要自己洗滌，濯米、洗菜、煎魚、燉雞、熬湯，都在後台一個陰濕的角落完成，夜闌人靜時，再提個桶，就著水龍頭，坐在板凳上洗澡，水嘩啦啦流著，香皂滋溜溜抹著，場所的氣味卻很難沖掉，歡眾的眼神像烙在身上的印子，怎麼也搓不掉，望著乳白色的肥皂水，夾帶身上沖下來的片片汙垢，隨著泡沫水花，載浮載沉地流向遠處的溝渠，一切如夢幻泡影。雖然是見不得光的行業，可也摻雜表演的元素，規模再小、節目再差的舞團，也會有一兩個台柱，身材曼妙、臉孔俏麗、氣質高雅，換上得體的服飾，出現在適當的場合，都是令人心動的佳麗，何種機緣步上這個奇異的舞台，背後都有說不完的故事。

表演是到處流浪的旅程，大碼頭待得久，小鎮子點到為止，到處漂泊遷徙，行囊簡單打包就走，表演的行當則用木箱裝著。夜裡，人們好夢方酣之際，他們手腳麻利地把行李和行當，收拾妥當，樂師綑綁木箱，姑娘們打點細軟雜物，靜悄悄地離去，只有漆黑的夜色送行，貨車的引擎伴奏。運氣好時，偶有明月在天上祝福，但皎潔的月光，通常無福消受，大家累成一團，癱在車上，有的休息，有的默默想著心事，明天又是一個新的碼頭，但仍是熟悉的場景，和老地方一樣充滿異味，還是得蹲在地上生火炊煮。有時團裡要應酬地方上的頭人，就把當家花旦送去勞軍，服侍那些大爺，她們難得從中正路口上車，這是瀏覽鬧區少有的機會，只不知坐在車上的她們，看著街上的商鋪人流，心裡想些什麼？車轔轔地走著，經過熱鬧的噴水圓環，聽到噴泉滴落池子的嘩啦聲、看到新台灣餅鋪的櫥窗、聞到對街雞肉飯的香味、見到銀行門口擁擠的人群、經過麗華綢布莊，和五顏六色的高級布料驚鴻一瞥，經過書店、銀樓、餐廳、車子轉入靜巷……。

這些故事令我想起一位初中同學，一個少年老成，斯文穩重、言語不多的傢伙，隨身帶著小喇叭，常在教室一角，悠悠揚揚地吹奏，臉上一付陶醉的神情，大家也豎起耳朵聆聽。他一直渴望有表演的機會，學期結束前幾天，突然失蹤，幾天不見人影。不久，有同學聽到消息，說他在興中吹喇叭，仍舊戴著招牌的黑框眼鏡，文謅謅的模樣和周圍氣氛有些扞格，後來陸續傳出他其實迷上團裡的小姐，才離家出走，跟著伊人隨團表演，從此走上另外的人生。大千世界像層層相疊的蛋糕，每個人都被上天安排在其中一層打滾，每一層都是不同的材料、不同的味道、不同的生活，不同層的人生，到底有何不同，彼此是難以想像的。

爲愛走天涯的同學從此杳無音訊，興中也從記憶中淡出，漸漸消失。戲院附近已經多年未經過，不知是何模樣，想來和人一樣，歲月的滄桑也會改變它的容顏。聽聞它久已改頭換面，變成國寶戲院，一度專映電影，高分貝的音響取代三、五人的樂團，銀幕登場，舞台謝幕。隨後銀幕又消聲息影，仍舊靠舞台招徠觀眾，最後舞台燈也熄了，觀眾散了，人去樓空，只留下老態龍鍾的樓房，滿臉皺紋瘡疤，披頭散髮，巔巔巍巍地佇立街頭，黑黝黝的入口彷彿通往時光隧道，向路人招手。這是個迷魂的陷阱，你一進入，會發現七彩迷幻的燈光正在流轉，小喇叭的聲音悠悠揚起，如怨似泣的Summertime徐徐緩緩地傾訴，撩撥你每一根心弦，觸動你每一條神經。台上舞者狂野地扭動，台下觀眾目不轉睛，那鶯鶯燕燕的歌聲魅影，勾魂攝魄的千種期待，回眸淺笑的萬種風情，紅塵滾滾的點點滴滴又湧到眼前……。（二〇二一）

新生食堂

日子過得快，一轉眼，父親過世已經五十年了。

他嚥下最後一口氣時，我才十二歲，正準備初中入學考試，由於是么兒，家人呵護備至，不准到醫院探視，連最後一面也沒見到。那天我照常上學，準時放學，還沒到家，醫院已傳來消息，說他走了。隨後，大厝放在廳裡，遺體墊著冰塊，每天看著他臉色灰白地躺在那裡，心裡就一陣絞痛，直到有一天，忙亂過後，在哭號聲和管樂聲中，把他送上了山頭。回到家，劃了一根火柴，把麻衣孝服和草鞋都燒了，暗紅的火焰閃爍搖曳，映著周遭景物時明時暗，生離死別如夢似幻，最後全化成灰燼，屋子開始變得空空蕩蕩，人聲再嘈雜，也覺得缺了什麼，空虛滲透到生活的每個角落，好一段日子過去，心裡才又漸漸地踏實起來。

十二歲是個懵懂的年紀，對父親的印象，有些部分鮮明，有些則模模糊糊，畢竟過了半個世紀。早些年，曾追憶他走過的痕跡，想拼湊一個完整的輪廓，了解從小就離開我的至親。但總覺得拼圖裡，這兒缺一塊，那裡少一角，無法完整，隨著年歲漸長，慢慢想通其中的環節，才點點滴滴地清理出頭緒。

父親是明治四十一年，西元一九〇八年，日本人記憶中的黃金時代，在台中棟東下堡三十張犁庄四九零番地出生的（注一）。這一片七八間矮仄平房連成的祖厝，由六房族親共有，可惜祖父早逝，孤兒寡婦看盡族親的臉色。一個冬天的夜晚，祖母連同父親、二叔、二姑，還有襁褓中的三姑被趕出門，祖厝被霸占了。祖母出外打零工，父親幫附近農家看牛，日子還是過不下去，祖母只好帶著孩子改嫁。父親則保留原姓，單獨出外謀生，延續了祖父家的香火。祖母改嫁的坎坷，父親從未提及，倒是那段看牛的經歷，家人常常談到，畢竟十二歲的孩子看管十幾頭牛，並不容易。

後來，父親跑去學廚，從此在這行掙飯吃。據說十六歲時，就在大酒家的廚房獨當一面，想來廚藝相當出色。一次，有個紅牌酒女到廚房偷吃東西，臨走未將砧板清理乾淨，被父親說了一頓，酒女心有不甘，向老板告狀，以去留相爭，結果父親被辭退，覺得萬分委屈，可是老板的話，卻讓他終身受用。老板說：好廚師容易找，但紅牌酒女難得，而且醉翁之意不在酒，當然是你走，她留下。

父親沒機會讀書，這個教訓讓他學會從更高的角度，來看是非對錯和利害關係，幾十年後，還常拿這個例子，來開導店裡的伙計。父親離職後，很快找到工作，仍然在酒家掌廚，而且和新東家相處融洽，母親提到這段過去，總是似笑非笑地調侃：老板娘對他很好哩！原來老板娘是孀居少婦，據說頗有姿色，對父親也有好感。父親聽了，總是不作聲，繼續剁著砧板上的肉，好像事不關己，到底爲何好事難諧，大人不說，小孩不敢多問，這段軼聞怕是父親一生難得的甜蜜回憶！

父親的大廚生涯，沿著縱貫線往南移動，從台中、斗六、西螺，輾轉到了嘉義，大部分時間在酒家掌勺，空檔的時候，就和朋友搭檔辦桌，攢了一些錢，選在嘉義落腳，開了一家叫「柳屋」（YANAGIYA）的料理店，這是父親的創業代表作。當時他三十歲左右，意氣風發，是一生的黃金時期，因此，YANAGIYA這樣，YANAGIYA那樣，常被家人掛在嘴上。YANAGIYA成功後，父親又在旁邊頂了一個店面，開起冰果室，在咖啡廳還沒出現的年代，這是青少年社交休閒的重要場所。從此，父親有了兩家店鋪，當大部分學童的便當是菜脯和番薯簽時，大姊的便當已經餐餐有魚有肉了。

餐廳和冰果室的生意蒸蒸日上，父親又在附近開了一家三層樓的旅館，取名「青山」。當時嘉義的民房都是平房或兩層樓，最高只有三層，三層樓就算百萬富翁。每當華燈初上、火車進站時，服務生便踩著木屐，穿著印有店徽的制服，手上提著「青山」的燈籠，在車站前「哦嗨唷」、「哦嗨唷」地鞠躬攬客，把客人從車站引到「青山」。

旅館生意順風順水，父親信心勃勃打算擴大經營，買下附近幾個店面，怎知日軍偷襲珍珠港，太平洋戰爭爆發，美軍開始轟炸台灣，三家店鋪付之一炬。大戰結束後，日本人走了，保險公司垮了，兩萬日圓的保單（注二），無人理賠。而父親眞金白銀頂下的店鋪，戰後要接收時，竟跑出另一批地主，宣稱他們擁有眞正的產權。原來父親只買到使用權，沒有土地產權，當時大家都這麼交易，誰知道日本人會垮？在那個改朝換代，太陽旗變成滿地紅的亂世，有冤無處訴，父親幼時橫逆，努力半生掙下的家業，化爲烏有，唯有重新來過。旅館大亨淪爲街頭小販，每天在家裡蒸好粽子，由大姊和二姊挑到火車站附近叫賣。

雖然命運如此殘酷，際遇如此難堪，父親還是很快站起來，大約三、四年後，又在火車站附近租了一個店面，開起餐廳，取名「新生食堂」。當時鐵路是全島的主動脈，無論到阿里山賞櫻，去關仔嶺洗溫泉，都得經過嘉義。餐廳生意日隆，房租從每個月兩斗米漲到兩石米，足足翻了十倍，房東猶眼紅難平。剛好附近有人回澎湖養老，父親就頂下這家店，從此「新生」不再寄人籬下，三十多坪的店面，全盛時期，用了十幾個伙計，盛飯時必須排隊。大姊、二姊年齡較長，全程經歷了父親五次開店的輝煌歲月，見證了父親從一無所有，到買屋置產，戰後破產，最後又從谷底翻身的起落。

1950 至 1960 年代的嘉義車站以及廣場（張萬坤提供）。

仔細想來，父親雖然不算大富大貴，但經商開店，無一次不成功。他個子中等，挺著小小的鮪魚肚，待人和氣，家裡的伙計人前人後稱他「頭仔」。儘管當時年紀小，仍聽得出語氣帶著尊敬和親切。「新生」動土施工時，旁邊有個窄巷，鄰居陳情希望我們不要把地蓋滿，讓他們難以出入，父親欣然同意，自動將地基退後一尺。為了這件事，個性剛烈的母親每每嘲笑他老實、怕事。

母親從小失去怙恃，命運坎坷，二十一歲就毅然掙脫了婚姻的枷鎖，到都市追求新生活，不幸的遭遇讓她相信，唯有昂然對抗命運，才能得到幸福。她心目中的男人，是那種敢拿刀搏命、血濺街頭的好漢，不是像父親這樣，時時將家庭置於首位，做事瞻前顧後，總擔心兩腿一伸，家小就會斷糧的小男人。不知這個飽經憂患的男人，如果缺乏世故的謹慎，怎能在人生路上，無論環境多惡劣，總給家人提供一天三餐，還要為五個弟弟妹妹張羅終身大事。

母親受囿於性格和遭遇，直到父親過世，大廈的梁柱傾倒，才發覺一生受一個堅毅的男人呵護包容，父親終其一生被妻子視為懦弱，在婚姻生活中委曲求全，為了照顧繁瑣的生意，選擇不和剛烈的母親糾纏，默默忍受一切，爲了家庭吃盡苦頭，可以說是他人生最大的遺憾。

這個終年在廚房，頂著油煙忙進忙出的男人，印象中，只有兩次讓母親覺得像個漢子。一是烽火連天時，將妻小疏散到大潭，自己拿著木劍死守「青山」，雖然旅館終究被戰火夷平，父親不得已撤守，從暗街仔走到埤仔頭，跌跌撞撞，走走停停，三天三夜踉踉蹌蹌趕到大潭，一家數口相擁而泣。另一次，是大哥大學聯考考上第一志願，父親特別帶他回祖厝探親，頂著光頭貌似三島由紀夫的大哥，由老父陪同，逢人就叫叔叔伯伯。帶著爭氣的兒子，看著寒傖地擠在四九零番地的親族們，儘管祖厝仍被霸占，父親想必有衣錦還鄉的快慰，回到嘉義，淡淡地說給母親聽。

父親終生勞苦，經年繫著圍裙，拿著菜刀在砧板上剁東西。他每天十點起來，檢視當天食材後，便到市場補貨，下午休息兩個小時，四點多時，總會騎著單車，帶著年幼的我到文化戲院看布袋戲，再到西市吃一碗肉羹。吃完肉羹，爺倆的休閒活動結束，父親回到店裡，要從五、六點的晚市，一直忙到半夜一兩點鐘收檔。一年到頭，只有大年初一休息一天。那天，他必換上整齊乾淨的衣服，帶著我到各寺廟祈福，順便添點香油錢，感謝神明保佑。

廚房的工作繁瑣累人，在冰箱、冷氣機、瓦斯爐還沒問世的時代，尤其如此，所有的食材都要自己準備、自己調理，飯要一鍋一鍋煮、魚丸要一個一個捏、香腸要一條一條灌，殺雞宰鴨剖魚全都自己來。「新生」每天營業二十小時，早、午、晚餐到宵夜，全部包辦，而且文市、武市來者不拒，外賣內用統統都做。文市指專程來享受佳餚的老饕，武市是填飽肚子就要上路的散客。半夜兩點父親收檔，清晨六點左右，母親就接手開店，早市、午市由她負責，一早就有趕路的客人，或是搭夜車進站的顧客，店裡供應稀飯、醬菜和定食等簡單食物，附近旅館也習慣打電話來叫外賣，食物就裝在一個木製的長方形提盒裡，上頭附有木條把手，伙計們騎著單車，另一隻手提著食盒送到旅館。還有一種食盒，也是長方形的，只有蓋子沒有把手，運送時，必須扛在肩上，用手扶著，就像特技表演。

許多商家的老板欣賞父親的手藝，經常三五結夥來打牙祭，或是預訂一桌酒席，由店裡外送。此外，店裡還承接旅行團的便當，大部分是上山賞櫻的客人。接到這樣的訂單，家裡馬上進入一級戰備，卸下門板，下面墊著磚頭搭成工作檯，竹片便當盒一只只撐開，先塡上白飯，再逐一加上滷肉、荷包蛋、魚板、醃漬蘿蔔、一小撮青菜等，片刻工夫，五顏六色的便當就告完成，看得我目瞪口呆。

這樣繁瑣的工作，母親苦不堪言，終日操勞，腿上滿布靜脈瘤，整天黑頭黑面，日日都詛咒，下輩子絕不再幹這一行。父親卻默默忍受一切，印象中的他，無論多累，總是掛著笑容，耐心招呼客人點菜，沉穩地發落後續的工作，人前人後少有抱怨。同行的生意，有的是兄弟日夜輪班，有的過年休個五、六天，有的則是累了，就歇息釣魚去，像父親這樣的拚命三郎，在車站附近絕無僅有。長年拚搏的結果，健康付出了代價。有一天下午，父親昏倒在廚房裡，診斷出是高血壓、腦溢血，也就是中了風，當時是絕症。昏倒過後，便經常流鼻血，身體每下愈況，中間好過一兩個月，他又回到悶熱的廚房，然後再度昏倒，從此躺在病床，再也沒起來過。

武士在沙場戰死，廚師在廚房累死，戰死的人被封爲烈士，累死的人只留下黃土一抔，父親剛烈地走完他勞苦的一生，終於在順天堂醫院歸天。大哥到醫院外頭洽車運回遺體，但司機不是拒載就是就地起價。食堂的大師傅阿波師是位仗義的漢子，二話不說，就把父親揹在身上，囑大哥在後邊照料，艱難地跋涉四、五公里，終於回到家，這段往事一回想就令人鼻酸。祖父早逝時，父親只有十歲，父親在嚥下最後一口氣時，想到一生勞碌盡責，竟仍步上祖父後塵，留下未成年的幼子，一定也是萬般不捨！

父親過世後，母親接掌生意，才知道當家不易，時時捉襟見肘。「新生」在兩年後賣給別人，全家從市區搬到郊外，靠著賣屋剩下的微薄積蓄，節約度日，從此家道中落，再沒機會如父親生前那樣，三、五年就看中一家店面，翻身再起。每次路過「新生」舊址，看到新東家忙進忙出，就浮起父親繫著圍裙在爐前操勞的身影，但周遭已經變了樣，先是高速公路興起，鐵路沒落了，接著高鐵通車，人潮往另一個方向流動，車站再沒以前熱鬧，黃色的大樓在歲月的摧殘下，顯得疲憊蒼白。兄弟姊妹也各奔西東，而且應了母親生前詛咒，再無人從事飲食業。

只有喜歡烹飪的妻，每次費盡心思調理出佳餚，香噴噴地端上桌時，都會嘻嘻地笑問我：廚藝比起公公，誰比較高明？

我總是苦笑不知如何應答。（二〇一〇）

注釋

1 捒東下堡，又名捒東下堡，是台灣中北部自清治至日治初期的一個行政區，範圍包括今台中市大雅區、西屯區、南屯區、北屯區西部、北區全部、西區西部及烏日區西北部一小塊地區。三十張犁庄則是今日的北屯，四九〇番地在北屯昌平路和北屯路一帶。

2 根據網上蒐尋的資料，當時工人的月薪在十元至十五元之間，若以現在的物價來計，月薪大約兩萬七千左右，所以兩萬日圓約當新台幣四千三百萬元。

母親的哭聲

氣象報告說：入冬以來，最強的寒流來襲，氣溫將降到九度。雖然窗外還是冬陽高照，逐漸逼來的寒氣，卻把蘿蔔的價格壓了下去。

原先五十塊一斤，個個刷洗得白白亮亮，純潔如玉，連著碧綠的莖葉，直挺挺立在菜攤顯著的位置，像故宮的翠玉白菜。如今降到十塊錢一斤，在攤上橫七豎八擺放，畏畏縮縮躺在卑微的角落，個個拖泥帶土，皮開肉綻，還長滿鬚根，像街頭流浪多時的醉漢。不過經常下廚的人都知道，這是蘿蔔最當造的季節，天氣已經夠冷，這些滿臉風霜塵土的傢伙，內裡可是實實在在，絕不會剖開一看，發現肉是鬆的，燉了半天也難下嚥的空心蘿蔔。

記得母親在世時，這個季節最喜歡用小炭爐，熬一鍋蘿蔔排骨湯，放幾粒魚丸，再撒少許芫荽，這是她冬天的最愛。夏天，則喜歡用綠竹筍煲水，也不放其他配料，就這樣清清淡淡煲出甜味來。很難想像像她這樣性烈如火而又愛憎分明的人，竟一輩子鍾愛這兩樣簡單清澈的食物。

印象中，母親像一座隨時會爆發的火山，幾乎沒有一天不發脾氣，沒有一刻不打罵孩子。家裡伙計幹活不俐落，孩子們調皮搗蛋，與父親嘔氣，或者工作太累，任何不如意的事，都能讓她失控發飆。家裡上上下下，都對她畏懼三分，包括父親。父親是溫和內斂的人，白手起家開過餐廳、旅館，曾經有過三家店鋪，包括一幢三層樓高的旅館，可惜都毀於戰火，戰後破產重新來過，開了一家小餐廳「新生食堂」。店裡生意興隆，但廚房工作瑣碎辛苦，樣樣都得親力親爲，沒有多餘的力氣和母親糾纏，對於暴躁的母親，父親往往選擇沉默。卽便如此，母親總能從他的寬容中找到空隙，乒乒乓乓地發作，先是厲言相向，接著摔碗丟筷，然後動手動腳，有時拿酒瓶砸父親的頭，也曾想用石灰灑他的眼，幸虧被伙計攔下。驚天動地鬧過之後，母親會拎起包袱，拉著我的手說：「阿母帶你出去玩。」相偕走到對面的車站，搭車到台中。

年幼的我，有一陣子，三天兩頭就被帶到台中，渾不知家裡已然兵荒馬亂，總是興沖沖跟著她上了火車。一上車，就挑靠窗的位子，跪在位子上看著沿路的景色，火車一路起動，沿途的稻田、樹木、房屋不斷地倒退，列車則從民雄、大林、斗南一路前進，一直到台中，沿路停靠的車站，當時都能倒背如流。經過大橋時，像鑽進一個大鐵籠，隨著轟隆轟隆的聲響，愈鑽愈深，母親坐在身旁，雙手放在腿上，偏著頭看窗外的景物，默默想著心事。

母親的娘家在台中鄉下，一個叫頭汴坑的地方，外公是有名的中醫，在鎮上開了一家中醫鋪，爲了傳承家業，收養了一個男孩。外公外婆相繼過世後，養子繼承藥鋪，成爲一家之主，反客爲主將母親賣給人家做童養媳，開始她悲慘的一生，從此兄妹如寇仇，二十年不相往來。談起這段往事，母親總是咬牙切齒，怨嘆數十年沒有娘家倚靠。雖然說來可笑，這樣絕情的娘家有什麼值得仰望？但在保守封建的年代，沒有娘家可靠，顯然是件嚴重的事。

當時母親在台中，唯一的親人是她堂嫂，只要離家出走，必定去投靠她。到了台中，堂嫂的孫子便負責招呼我，帶著我四處蹓躂，或到東平戲院看電影。記得當時電影並無完整的配音，而是由「辯士」在幕後講解劇情，不管西部槍戰還是愛情片，所有湯姆和瑪麗的糾纏，「辯士」都能用流利的台語解說，說成是國雄和素蘭，在基隆或高雄發生的故事。長大後才知道，在我歡度假期的同時，母親正在堂嫂家中，接受道德勸說和心理治療，母子在不同的地方接受辯士的講解。

母親的堂嫂是個聰明利索的女人，既能溫和地安慰母親，分擔她的痛苦，又能冷靜地開導她不要老鑽牛角尖。儘管內容千篇一律，最後總能獲得母親的認同，休息幾天，等情緒平復，又帶著我若無其事地返回嘉義。父親照例不予追究，也無從追究，故事就這麼不斷上演，日子也這樣繼續地過著，直到下次火山爆發。

每次母親離家出走，生意全部丟給父親，他就忙得不可開交。在手工業時代，家裡光是爐子就有三種，使用三種燃料：熬湯底的大灶，燒木材；煮麵、炒菜用焦炭；

烤魚、火鍋用木炭。食堂開在車站對面，火車一進站，客人便像潮水一樣湧入，七嘴八舌點這樣點那樣。父親身兼老板、伙計和廚師，腰上繫著圍裙，站在一旁，腦裡默記著客人的叮嚀，什錦麵不要放蔥，炒青菜不要放薑，魚要煎焦一點，每個細節都不能疏忽，否則便會在人聲鼎沸中，引發嚴重的抱怨。父親習慣帶著微笑，傾聽客人的交代，再把這些菜餚一一端上飯桌，那份沉穩、從容，好比在戰場上指揮若定的將軍。每想起母親發飆時，那副潑辣強悍的模樣，總會納悶溫和能幹的父親，何以會看上她？這個問題，終於在一張發黃褪色的照片中，找到了答案。

照片中是一個容貌秀麗的少婦，抱著嬰兒，雖然脂粉未施，仍楚楚動人。原來母親年輕時，是如此絕色。儘管年華老去，風韻不再，骨子裡仍存留美女的優越感，對少女的容貌特別挑剔，看見面貌醜陋的女人，總要尖酸地調侃，忘了她已失去諷刺別人的資格，不到五十歲，已全身是病，三天兩頭要打針吃藥。由於長年站著，兩條腿布滿靜脈瘤，像木棉的樹皮一樣，四處都是浮凸的血管。只要有鄰居坐月子，炒麻油雞，或者滿月送來油飯，母親總會抱怨：這些人眞好命，哪像我早上四點生孩子，

年輕時的母親是絕色美女（上）；母親的哭聲但願父親聽到了（下）。

八點就得起來劈柴煮飯！

分娩完休息四小時就起來幹活，是她畢生的痛。母親一天到晚抱怨太累，老是遷怒於婚姻，認爲是前世債、今生償，每天都要詛咒，下輩子不再幹這一行。隔壁是五金行，老板夫婦總有餘暇泡個茶、翻翻報紙，母親非常羨慕，常說五金行眞好，貨品不會壞，賣一個馬達，等於賣幾百碗、幾千碗麵，更不用一碗碗煮。鄰居太太總笑笑回說，我們的客人光顧一次後，要幾年才會上門，你們的客人，今天來明天還會來。母親雖無言以對，可還是積怨難平。五金行老板娘沒想到的是，母親的丈夫是拚命三郎，食堂一年三百六十五天只休息一天，就是大年初一。

父親的工作曆，不像時下以周來隔開，而是以年爲單位決定作息。五十三歲過世的他，二十幾歲就出來創業，一生大概只休息了三十次，就離開這個世界。記得大年初一，食堂休息，父親帶著我到處上香祈福，母親則留守家中料理三餐。她也是一個全年無休的婦人，印象中只有在往台中路上、借住堂嫂家中時，才短暫得到幾天休息，臉上也才展現難得的笑容。休息，竟是透過你死我活的爭吵，在婚姻關係毀滅的邊緣，才能獲得。

一生在婚姻中自認是強者，以此沾沾自喜，直到父親五十二歲那年，因高血壓昏倒在廚房，母親終於失去吵鬧的對象，裡裡外外忙進忙出，店裡、醫院兩頭奔走，既要擔心丈夫的病情，又要照顧食堂的生意，母子倆再沒有機會悠哉遊哉去台中了。一年後父親病逝，母親獨自扛起生意，工作更忙，壓力也更大了。父親在的時候，從不必擔心廚房的事，如今卻要四處尋求大廚坐鎮店裡。有能力的，往往難以相處；能力差的，這兒疏漏，那兒不上心，光是食材的浪費，東家怎麼敗都不知道，更別提如何討好客人。再沒有人像父親那麼用心，對熟客的偏好瞭若指掌。

顧客一天一天少了，習慣大手大腳的母親，始終學不會精打細算，費用和支出不減反增。母親開始舉債，再加上父親治病留下的債務，食堂終於撐不下去，兩年後盤給別人，全家搬到僻靜的郊外。母親終於卸下工作重擔，不再恓恓惶惶地奔波，不用應付川流不息的食客，不必時時刻刻都得切切洗洗煮煮。除了買菜做飯，就是到醫院看病，一生難得如此清閒。但清閒對窮人是一種折磨，特別是喪偶又多愁善感的她，樣樣事都讓她想起父親。一想起丈夫在世時的種種好處，就開始大聲號哭，青少年的我，起先也會陪著流淚，漸漸地，淚流乾了，就勸她節哀。勸過幾次後，開始有些怨懟，覺得不該在這麼多年後，還時常將全家帶回守靈當時，那種絕望悲慟的情境。儘管如此，母親哭號時，出面勸慰，仍是我的職責。

做爲么兒，我是最受寵的，但年輕時，無法體會母親的悲哀，也沒能力紓解她的痛苦，只能在她心情平復、拭乾眼淚後，挽著她在附近散步，孤兒寡母相互倚恃的景象，至今還常縈繞心頭。

母親年輕時，仗著父親的寬容，經常意氣用事，由於一句戲言，加上重男輕女的偏見，將年幼的三姊送給二叔做養女，讓三姊一生自怨自艾。懼內的二叔，和精明勢利的二嬸，從未善待過三姊，反將她當成廉價童工，每天吃不飽穿不暖，卻有做不完的家事，悲慘的童年，辛酸有如窮人家送出的童養媳。母親早年曾經歷過這樣的難堪，中年竟又將女兒推向同一境地，這件事父親也難辭其咎。每次三姊哀怨問道：在當年還算富裕的家庭，爲何還要把我送人？我們便歉疚得無言以對。

父親過世五十年，母親也走了四十年，也許都已投胎做了新人，兄弟姊妹相聚時，難免懷念過去的種種，甚至不經意迸出一個問題：如果先走的是母親，而不是父親，食堂是不是會繼續經營下去？如果家裡還能維持榮景，一切也許更爲美好。這樣的推測，固然是對父親早逝的不捨，但也隱含一種希望母親早走的罪惡。

生生死死的事情，是上天的安排，命運無法重來，但人生是一門奧妙的學問，當你才開始有點體悟、領略到皮毛時，生命通常接近尾聲。除非天縱英明，像釋尊、莊子那樣的大智大慧，一般人都是渾噩度日，一轉眼，大限已到。

父親和母親都生長於物質匱乏的時代，終生勞苦才能換取溫飽，戰戰兢兢不敢懈怠。對於喜歡烹飪的人們，做菜是一種藝術；對於廚師，是一份工作；對於像母親那種缺乏耐心的廚師太太，下廚便成一種痛苦的勞役。雖然經營食堂數十年，母親在灶腳忙了一輩子，但仔細想來，沒有料理過特殊的菜餚，只是日復一日，重複同樣的工作。想來她對烹飪是深惡痛絕的，一輩子都視灶腳爲畏途，可惜生錯時代，嫁錯了丈夫，變成全年無休的廚工。

父親的事業風光時，家裡的草蓆下，常墊著厚厚一層綠色的大鈔，餅乾盒和奶粉罐中，經常放著金條、首飾。母親每次到台中，總拎著大包小包禮品，像聖誕老人般到處散發，偶爾也會忙裡偷閒，到綢布莊剪幾塊心愛的花布，享受被店伙計奉承的虛榮。只是快樂是短暫的，操勞是恆久的，凡人無法和老天計較，要這樣多些、那樣少些，命運是一種套裝軟體，只能照單全收。

單純又無耐心的母親，一生選擇和命運對抗，二十一歲時掙脫了婚姻的枷鎖，在第二次婚姻中，每天面對永無休止的勞役，她可能只想過過簡單的生活，卻因無法遂心，就在生活的每個環節找碴，弄得自己遍體鱗傷，家人也跟著受苦，等覺悟到命運無法逆轉時，一切都已太遲。她是個激昂熱情的女子，對待親友極端慷慨，有車馬衣裘與共的俠氣，如果生爲男子，肯定是願意爲朋友兩肋插刀、水裡來火裡去的好漢，一生卻困在灶爐湯水之間，老天這樣的作弄，到底該怎麼回應，才是恰如其分？她每每在無助時，抱著父親的遺像痛哭，也許就在傳達這樣的心聲，但願父親聽到了。（二〇一一）

異味諜影 1958

我十歲那年，好像有些重要的事情發生了，而且在那件事之後，所有的事情都變得不一樣。到底有什麼不一樣？我可說不上來，究竟發生什麼事？老實說，我也不太記得。只記得發生的時候，我讀小學四年級，也就是民國四十七年，這種感覺就像你記得有人欠你一筆錢，卻忘了他是誰；或者有一件鍾愛的毛衣，卻忘了遺留在哪，這個生活上的小缺憾，時不時提醒我，它還在那兒。

不過前幾天，事情有了轉機。那天晚上，正坐在客廳看電視，一部叫《闖關東》的大陸劇，主角千里跋涉從金礦區逃出來，一批鬍匪在後面追殺。劇情正進入高潮，突然天地一陣搖晃，嚇得我從沙發站起身，雖然沒有奪門而逃，但記憶中混沌的片段卻變得清晰，像暗房的底片露出輪廓，構成了影像。上天顯然藉地震要我記起這些事，我只好把它說出來。

故事要從一條鱷魚講起。那天下午，我花了三毛錢，去隔壁的「安樂旅社」旁邊看鱷魚回來，卻覺得不太對勁，一路上喃喃抱怨。從南海捕來的鱷魚被放置在一塊空地上，空地的四周用竹籬圍住，外面掛著「南海鱷魚展覽場」的布條，看一次小孩三毛，大人五毛。當時是一個好奇心很重的社會，任何新奇的事物，像嘴尖尖尾巴細細長得像老鼠的怪貓、灌得像菜頭那麼大的香腸、三隻腳的鴨子、一截形狀有如龍身的樹根、兩百公分以上的大塊頭，都可以找塊空地，用一些東西把它圍起來，做個展覽，收門票賺錢。南海大鱷魚就是這種。

進去一看，一個長方形像獨木舟的大水槽，裡面躺了一隻像是樹幹的大鱷魚，動也不動，表皮布滿黝黑的疙瘩，一點都不好看。回到家，和店裡的伙計，也就是「新生食堂」的店員談起，大家都懷疑是一場騙局，老板其實只是在山上，砍了一截粗黑的樹幹，泡在水槽裡，就說是鱷魚。問展場的管理員：爲什麼鱷魚動都不動？回說：正在睡覺吧！又問能不能把牠搖醒，答說：睡覺被吵醒，鱷魚會發火，爬出來咬人，你不怕被牠咬嗎？也就算了，可是回家愈想愈不甘心，店裡的伙計也認爲我上當了，美侖仔還趁機調侃：有沒有看到KISS、OK？邊說邊擠擠眼睛、搖搖屁股，大家哄堂大笑。我知道他說的是吧Girl。鱷魚場旁邊有家酒吧，專做美軍生意，大兵和吧Girl調情時最喜歡說這些，美侖仔經過時，總愛對吧Girl擠眉弄眼，再說幾句KISS、OK，換來一堆白眼和咒罵，卻樂此不疲，回來還要炫耀一番，此刻就故意拿這個取笑我。

我被說得有點惱，正想反駁幾句，驀地，一股非常怪異、有點像大便的味道，不知道從什麼地方飄過來，起先只有一點點，後來逐漸濃烈，味道也愈來愈怪，有如腐敗的魚鮮，又像冰庫裡的豬肉爛掉，大家都捂著鼻子，皺起眉頭。

阿波師首先跑到水槽邊，嘔了一些東西出來，擦擦嘴說：「大概是食品廠的冷凍庫壞了，食物爛掉。」

「不，不，是水肥車的糞槽裂開。」另一個伙計阿炎仔說：「我看不是水肥車壞了，是鹹魚脯仔臭掉，而且是很多很多鹹魚，味道才會這麼重。」美侖仔接著道：「聽說，林森路底那家魚脯仔行在俗賣，前幾天經過時，老遠就聞到，會不會是他們？」

大家七嘴八舌說著，食堂裡唯一的客人卻在裡面罵了一句三字經，筷子一摔就大步往外走，雖然還沒付帳，伙計們卻忘了叫住他、攔住他。

店裡的人怎麼猜，也想不透味道怎麼來的。隔壁的建東五金行、東湖麵包店、順利水果行、對面的清心冰果店、上海餐廳和阿義車行，陸續有人跑出來，聚在「新生」的對面，也就是火車站前的大廣場。大家窸窸窣窣、嘰哩咕嚕，比手劃腳地發表意見，人群愈聚愈多，廣場頓成人海，有點像對號車進站，大批旅客從柵門口蜂擁出來。幾個見過世面的老板，山東麵館的老板是其中一個，輕聲說：「會不會是飛碟放毒氣？」「什麼飛碟？是匪諜！」旁邊有人糾正他的山東腔。其時保密防諜喊得震天價響，到處都有「檢舉匪諜」的標語，課本也經常提醒大家要注意戴墨鏡、穿中山裝，形跡可疑的男人，據說他們會在水庫下毒或破壞高壓電，讓大家沒水沒電。這股沒來由的異味，自然引起這樣的聯想，可是馬上有人急促地打斷：「不要亂講，不怕被吉普車載走嗎？

」講話的人趕緊噤聲，但這些話已經被很多人聽見，人們嗡嗡嗡地傳遞訊息，大家的心裡同時蒙上一層陰影，從看熱鬧的好奇到擔心有事情發生的驚惶，氣氛變得詭異，紛紛忐忑不安地散去。漸漸地，廣場恢復了原來的平靜，只有排班的三輪車夫還三三兩兩聚著，繼續揣測異味的來源。

人潮散開後，我訕訕回到「新生」，兩個多事的伙計阿炎仔和美侖仔已經忍不住騎車去探究竟。美侖仔沿著林森路的杉行，往新都戲院的方向前進。阿炎仔則從中山路往中央噴水的方向探索。不久，兩個人都失望地回來了。阿炎仔說他騎到西市場附近，味道很濃烈，可是擔心店裡要外送配達，就匆匆回來了。

美侖仔則說，林森路這邊的杉行，沒有什麼味道，魚脯仔行前面也聞不到，好像是從新都戲院那邊飄來的，可是怕被阿波師罵，也不敢再過去。

濃臭依然滯留在空中，答案依然找不到，不過說來奇怪，大家好像漸漸習慣了，沒有先前那樣難受，但這時味道又有點變化，有點像蔬菜爛掉的味道，或是鹹菜缸破掉洩出的怪味。這時大哥從外頭進來，也是摀著鼻子，說：「怎麼有人在賣臭豆腐？」

「臭豆腐？」所有的人異口同聲，接著問：「什麼是臭豆腐？」「豆腐臭了，還能賣？」

「把臭的豆腐拿去油炸，再蘸蒜頭醬油，很好吃！台北就有人賣！」大哥說道。

「夭壽！」大家紛紛驚叫，想不到竟有這種食物。

「我去買一塊嚐嚐。」大哥提起腳踏車就要走，我死命抓住車子後架，央求他帶我去瞧瞧。

哥倆一前一後出發，順著臭味，從車站前，沿著大通一路追尋。大通是嘉義最大條、最繁華的馬路，雖然叫中山路，可是大家習慣稱它「大通」。城裡最大的商店、阿母最常光顧的麗華綢緞行，都在這條路上。我們先經過西門派出所，這是個忙碌的派出所，每天都有亂七八糟的人進出，有的被抓進去關，有的被叫來問話，譬如在街上鬧事的太保、在菜市仔砍人的流氓、被丈夫揍得鼻青臉腫的婦人、到「新生」吃飯不付帳，要我們跟蔣總統要錢的退伍兵仔，也有吐得滿地狼藉的酒女，愈到半夜愈熱鬧。我們經過時特別瞥了一眼，這時裡面空蕩蕩的，只有一個警察坐著抽菸。

車子一路晃蕩，轉眼到了新榮街口，看見幾個工人正合力把畫好的看板，吊上慶昇戲院的屋頂，畫面是一個西部硬漢持槍冷冷地瞄著對方，神情酷斃了。大哥於是提議先去慶昇看「尪仔」（ang-á），「尪仔」就是這種看板，還有玻璃櫥窗內的劇照。看尪仔是一種普遍的休閒活動，可以觀賞男主角的英姿、女主角的髮型，還有看板畫得像不像，有時候他們會把男人畫得像女人，把皺紋畫得像鬍子，大家喜歡站在畫像前面，評頭論足一番，更何況慶昇對面有兩家冷飲攤，一攤賣八仙冰，另一攤賣鹼粽，金黃色的粽子在冰櫥裡亮晶晶閃著，淋點黑糖水，是盛暑人們的最愛。

不過，兩家攤子都沒開市，擺攤的地方空空蕩蕩，尪仔也失去往日的魅力。我們捂著鼻子，看不到兩分鐘，就匆匆上路，沿著大通，往中央噴水的方向前進，氣味愈來愈重，呼吸愈來愈困難，到了麗華綢緞行門口，已經有些支持不住。麗華的老板娘蹙著眉、捏著手帕掩住鼻子，倚在門口張望。我敢打賭，她一定看到我，卻裝做不見，不像以往一樣，滿臉笑容相迎，我猜是因爲阿母沒在旁邊，她知道沒生意做，懶得理我，當然也可能是被熏昏了頭，失去常性。說眞的，這個時候，我倒眞想進去轉一轉，聞一聞店裡高級布料的香味，但終究沒進去，就到了國華街口，右轉是熱鬧的西市場，裡邊有我喜歡的香菇肉羹，是眞的瘦肉條做的肉羹，不是魚漿混充的。肉羹攤的對面是「陳中行百貨店」，裡面陳列昂貴的衣服、鞋子、領帶、圍巾、日本香水。我們對百貨沒興趣，就一直往前騎，到了中央噴水。

中央噴水是嘉義市中心的圓環，四、五條大馬路在這裡交會，非常氣派，可能是世界上最熱鬧的地方，嘉義最大的電影院、書店還有餅乾店，都環繞在四周。圓環中央有個池子，一直有水噴出來，所以叫「噴水」。「噴水」右邊過一個街口，就是演布袋戲的「文化戲院」，當時史艷文還沒出現，江湖上武功最強的是鴨霸牛，他的鐵拳打遍天下無敵手。最厲害的是，無論傷得多重，只要服下師父提煉的牛屎丹，武功馬上恢復過來。我雖然想去看鴨霸牛，但沒忘記，現在是出來買臭豆腐，更何況，噴水旁邊的嘉義戲院周圍，早已圍滿了人群，人海中傳出細碎的耳語，濃濃的臭味從裡頭飄出來。兩兄弟拚命往裡又擠又推，一路向前鑽，不時有人罵猴死囝仔，終於排除萬難，擠到最前面，看到賣臭豆腐的攤子。

眼前是個普通的兩輪推車攤，推車上有個油鍋，滋滋冒著煙和油泡，油鍋上頭擱了一個瀝油的架子，像街上到處可見的炸粿攤，架子旁邊有塊砧板，上面放了幾塊有些發黑、但看來比普通豆腐硬一點的東西，想必就是臭豆腐。攤前已經有很多人等著吃，多是外省人和阿兵哥，正目不轉睛盯著油鍋。人群中有從「文化」看了一半鴨霸牛，就被熏得受不了跑出來的人，「怎麼這麼臭？」「這種豆腐可以吃嗎？」大夥都有同樣的疑問，有些人聽過這東西，卻沒吃過，有些人連聽都沒聽過，今天都跑來開眼界。還有幾個時髦的小姐，捏住鼻子抱怨：「好臭哦，人家飯都吃不下去。」

炸臭豆腐的老板像在表演魔術，對這些七嘴八舌裝不知道，拿著鋏子專心攪動油鍋，觀眾一半是好奇，一半是對臭味反感。他小心翼翼不發一言，怕稍一不慎，攤子就會被砸，有時候嘉義人的修養也不是很好。終於有幾塊黃澄澄地起鍋了，他用剪刀咔嚓咔嚓地剪成小塊，淋上蒜汁、醬油和辣椒醬，端給一位客人，所有人都盯著這個人，想知道第一口是什麼滋味。只見他挾起一塊放進嘴裡，卡滋卡滋地咬起來，露出舒服陶醉的表情，大夥心裡「啊」了一下，曉得這是好吃的食物，雖然味道特別。於是有人拚命擠上前，要老板也炸一份給他。

1961 年的嘉義中央噴水圓環（上，張萬坤提供）。
1958 年嘉義發生的離奇匪諜案時，作者還是幼童（下）。

大哥也叫了一份，我們就捂著鼻子、忍著異味、嚥著口水，蹲在攤前等著起鍋。如果你買過臭豆腐，就知道你愈心急，它熟得愈慢，好幾次老板把它撈起來，用鋏子戮一戮，又放回去，我嘴裡湧出的口水，被逼吞了回去。等待的滋味特別難熬，我們注視油鍋，看著一塊塊豆腐被丟下鍋，嗶嗶剝剝地冒著煙，再咔嚓咔嚓地剪開，你一盤我一盤地端走，就是輪不到我們。我的心臟隨著嗶剝聲，撲通撲通地跳著，愈跳愈快，頭愈來愈昏，終於等到大哥站起來，走上前，像是領獎般捧著一盤臭豆腐，走回我跟前，我聞到一股異味，覺得所有東西都變成金塊在眼前搖晃，整個人輕飄飄地，最後浮起來了。

不知過了多久，我醒了，發覺睡在一張白色的床上，天花板也是一片白，有個小針筒用膠帶貼在左手，針筒連著一條橡皮管子接到高高吊著的藥水瓶，原來我躺在醫院打點滴。對於醫院，我並不陌生，一向身體孱弱的我，動不動就昏倒被送去打點滴。這時腿上好像有個東西壓著，一看是二姊趴在我身上睡著了，我身子一動，把她吵醒了。「阿昌，你醒了？怎麼樣，還會不會暈暈的？」二姊問我。

我搖搖頭說：「不會。」她說：「你躺一下，我打電話回家。」不久，阿母就坐三輪車來接我，二姊自己騎著腳踏車回去了。一回到家，發覺帶我出門闖下大禍的哥哥在床頭跪著，我一進門，阿母才說：「死囝仔！還不快起來倒杯水！」

大哥如釋重負地站起來，邊走邊用手搥著大腿，顯然跪得腿都麻了。

原來，我暈倒以後，大哥嚇死了，不知如何是好，「趕緊送大病院！」旁邊有大人喊著，大哥趕緊把我抱起來，在好心人的幫忙下，七手八腳地揹起我，三步併做兩步跑到大病院，「大病院」即省立嘉義醫院，因爲規模最大，被稱爲大病院。到了大病院的急診室，醫師幫我測心跳、量脈膊，好像說是中毒，護士小姐給我打針，我昏沉沉地被刺醒，又迷迷糊糊地睡去。醫師後來到底怎麼處置的，大哥也記不清楚，只記得大夫叫他通知大人來，他趕緊打電話回家，臉色鐵青的阿母帶著二姊趕來，後來阿母先回去料理店裡的生意，留下二姊陪我。

看大哥捏著發麻的腿，我囁嚅地、不好意思地說：「歹勢，害你被阿母罵。」他笑一下，聳聳肩，表示沒關係。「後來呢？」我問他。

「什麼後來？」「臭豆腐啊！」「臭豆腐到底好不好吃？」「丟到地上了，沒有吃到……」千辛萬苦買到的臭豆腐，在我昏倒的慌亂中，掉到地上被踩扁了，變成一層髒黑的豆腐泥，每次想起來，我就心痛。後來，我們再也買不到臭豆腐，因爲從那一天起，那股奇異的味道再也沒出現，我特別跑到嘉義戲院去看個究竟，發覺攤子不見了，問旁邊的幾家水果攤，都說不知道老板搬到哪裡。

四年後，我已經是初二的學生，一個偶然的機會裡，我又聽到這件事情。那是下午將近四點鐘，每天降旗前的課外活動時間，大部分人跑去操場打球，有些則聚在教室聊天。班上一位外向好動的傢伙，綽號魷魚，正對著同學們吹牛：

「你們知道嘉義戲院前面的臭豆腐攤去哪裡了？」大家都搖搖頭，魷魚轉一下他的大頭，左看右瞧，確定老師沒突然進來，才壓低聲音說：

「聽說被抓了！」

「爲什麼？」

「聽說他是匪諜，是共匪派來的臥底。有一次，他故意把臭豆腐炸得很臭很臭，還加了一些毒素，大家都受不了，附近的中山堂、黨部、還有美國新聞處，都有小偷跑進去，聽說是他們用臭氣把屋裡的人都熏出來，再進去偷文件……。」

「唉唷，眞的嗎？」圍觀的同學發出驚呼，魷魚更得意了，接著又道：

「聽說，他們還有一個任務，就是讓大家都不能做生意，只要一炸臭豆腐，餐廳、麵包店、菜市仔就沒人去，那天還有人被送去大病院……。」

聽到這裡，我嚇了一跳，怎麼連我昏倒去病院，他都知道？後來才曉得，原來魷魚家就在嘉義戲院對面。這是我「接觸」到的第二件匪諜案，所謂接觸，是說，它的確在生活中發生，而不只是課本上的描述。第一次是一個賣「尻川（kha-tshng，屁股）癢」藥草的傢伙，也因爲匪諜案被抓去關，失了蹤。當時他可是名人，因爲大部分人都見過他，沒看過也聽過他的叫賣聲，我有時候好奇「尻川癢」到底是什麼病？爲什麼有人會尻川癢？爲什麼這種藥只有他在賣？阿母有時也會叫我到藥房買藥，但從沒買過這種藥，也沒看過或聽到有人到藥房買這種藥。

其實，說別人「尻川癢」可不是好話，是罵人家「無事找事」的意思，二姊就常罵我：「阿昌，你是不是尻川癢？把我的抽屜翻得亂七八糟！」可見我有時也會尻川癢，只是沒有嚴重到要吃藥的地步。這個賣藥草的人習慣騎著自行車，車後載著一只木頭箱子，裡面裝著專治「尻川癢」的藥草，木箱上面固定撐著一把傘，據說那把傘就是無線電收發器，可以和同伴聯絡，也可以發送電波到大陸。車架上總掛著幾株連著根的藥草，當做活招牌，每天就這樣騎著車，沿街吆喝「買……尻……川……癢……的藥草」，在大街小巷間穿梭不停。可有一天，再也聽不到他的叫喚聲，再也看不見他的自行車，尻川癢的人再也沒有藥草可以治了。我第一次聽說他是匪諜時，半信半疑，如今魷魚說到臭豆腐，不由得我不信。

後來才知道，匪諜和男人的鬍子一樣，年紀愈大就長得愈多，你年齡愈大，知道的案子就愈多：市公所的職員、雜糧行的伙計、賣紅龜粿的小販、保險公司的業務員都可能是匪諜。凡是曾經引人注意，又瞬間消失的，或者平凡無奇的市井小民無故失了蹤，都是匪諜案，大家才曉得原來平凡也是一種偽裝，更加添它的傳奇。種種傳聞就這樣在市場裡、工廠內、同學間，日日夜夜、年復一年地流傳著，是眞是假，無從證實，光陰也在眞眞假假、假假眞眞之間移轉，漸漸覺得那些只是訛傳，可是大二那年，一樁校園事件卻讓我震驚：一位教心理學的吳教授突然失蹤了。

上學期還看見他在校園活動，下學期就再也不見人影，沒人知道他去哪裡。有人說是被抓去關，傳來說去，案子的輪廓逐漸浮現。據說他曾經稱讚共軍力量強大，說人家海陸空軍加起來有數百萬，實力驚人。教授是在什麼情形下說這話，又爲何要這麼說，甚至到底有沒說過，沒人知道，所有一切都是猜的、傳的，就像毛澤東是蔣總統的小舅子，很多人也信了幾十年，教授的遭遇只不過多一樁故事。同學們起先有些驚疑，後來竊竊私語、暗暗推敲，發展出各種版本在校園裡流傳著，但日子久了，也就忘了。

許多年過去，社會氣氛變了，兩岸之間開始有了往來，很少再聽到匪諜的案子，共匪的稱謂被中共取代了，過去一些奇奇怪怪的案子，有時候，就會在報紙不經意地出現。有一次，刊出一篇相關的報導，文章引用一段判決書，這麼寫著：

「該員深受黨國栽培，不思感恩圖報，竟然幻想共匪強大……姑念其初犯，犯行暴露後頗有悔意，輕判三年六個月……」讀到這裡，心頭彷彿被什麼堵住了，當年的情景又重回眼前，一個拘謹、低調，講話平板，帶著輕微海口腔，盡力想把國語說好卻說得有些生硬的教授，有時戴著眼鏡，有時把它摘下，露出凹陷的眼眶，顯得特別斯文。他走出教室時，瘦長的身影映在微濕的路上，像一根黑色竹竿在地上晃動，幽幽渺渺，令我想起陳昇的〈死狗〉，這首有些像RAP的歌，好像是這麼唱的：

吱吱嘎嘎吱吱嘎嘎　八點發的客運車
駛車的運匠啊說這齒的怎會又跑來這
死狗一箍顛顛啦噓啦噓倒在那車路下
大聲小聲在哭麼說叫人得要帶他去找他大兄
庄頭到庄尾是阮死狗仔最是出名
嘿總統伯來到這看到死狗嘛不敢落車……
他大兄早在八百年前捉去碰碰
報紙有寫你怎沒聽過……（二〇一二）

孤寂諸羅山

嘉義原名「諸羅山」或「諸羅山社」，聽來氣派，其實是平埔族語Tirocen的音譯。漢人總不自覺將平凡的名稱，譯成響亮的稱號，其實在清初，它不過是木柵圍成的小城，一七八七年後，乾隆將其易名「嘉義」，雖是崇隆有之，但這個身分從此帶著幾分尷尬。

易名是爲了表彰林爽文事件時，全島泰半陷落，惟獨本城死守，屏障府城台南，乃嘉其忠義。不過這份殊榮，隨著改朝換代，漸不合宜，學者甚至主張「嘉義若不改名，無以表彰爽文反清之功，且無辭以對辛亥革命」。其實哪需朝代更換，阿里山下戰鼓方歇，陣亡將士屍骨未寒，京城鬥爭的鑼鼓已聲聲催響。守城有功的總兵柴大紀因爲得罪了援軍統帥福康安（注一），被押至北京，由皇帝親審處決，家眷流放伊犁爲奴。諸羅生死戰被放大檢視，成爲難解的羅生門：究竟係柴某吏治敗壞致激民變？或因調度無方亂事乃大？甚至亂民裹脅不讓出城？各方說詞在乾隆的御旨、福康安的奏摺、柴大紀的答辯、縣誌的記載中，都有跌宕起伏的鋪陳，其間的幽微凶險令人寒戰。

所以「嘉義」的光環上，自始就頂著遠方主子的猜疑，一路曖昧地從清朝過渡到民國，也許爲了抵消這層陰影，往後的社會騷動，本地往往站在權力的對面。一九四七年全島血腥動亂時，這裡是慘烈的一級戰區，漫長的民主轉折過程，這兒是在野者力守的灘頭堡，最後發展出獨特的街頭對決。投票前夕，候選人必得步行掃街，帶著狂熱的群眾，兩派人馬隔著中央噴水，相互叫陣，總要在鬧區折騰整夜，全城精疲力竭，方才偃兵息鼓，等待天光投票。在篤實的本地人看來，候選人光在車上揮手，民眾只在街邊鼓掌，對彼此都是一種怠慢，好比賣家偷了斤兩，買家拿到次貨，都難

嘉義公園的福康安紀功碑（攝影／王薏瑄）。

以忍受。獨特的嘉年華受到矚目時，我已離鄉多年，但在螢光幕前，彷彿也隨著群衆在熟悉的街道行進，雜沓的腳步聲、窸窣的耳語聲、噼啪的鞭炮聲、甚至中央噴水的滴答聲，都在耳邊交織回盪，和童年的社會氣氛相比，彷如隔世。

當年，這裡的人是冷漠、寡言的，即使是小酌忘我的時候。父親開設的「新生食堂」就在車站對面，店內人來人往，有匆匆趕路的旅客，有悠悠買醉的熟客。酒過三巡，雙鹿五加皮在體內發酵，粗獷的漢子臉紅了，嗓門大了，划拳聲高了，往往拍著胸脯、搭著鄰座肩膀，胡言大話起來，臨走還搶著付帳，通常總是手頭不便地在食堂的帳本上胡亂畫個卯，帳冊幾年後照例變成廢紙。這些人儘管醉茫茫，卻鮮少觸及官家事，偶爾談到，總有人三言兩語岔開，倒是食堂的灶腳，冬夜生意冷清的時候，伙計們習慣圍在爐邊取暖，三不五時將薪柴塞入爐膛，膛內的舊柴發出咔嚓的呻吟，被擠成碎片，帶著灰燼縮進深處。伙計一邊看著新柴入灶，一邊感嘆當年的騷動，日子久了，在他們欲語還休的惆悵裡，我嗅到了血腥的味道，聽見了悲泣的聲音，模糊地捕捉到悲劇的片斷，總以爲它是陌生人的遭遇，只是碰巧發生在車站前，直到髮鬢如霜，才驚覺那都是周遭的眼前事。

離食堂數步之遙的「大陸旅社」老板盧鎰，當年也是受害者。盧先生濃眉大眼，綽號「大目仔」，事發幾天前冒著被報復的危險，藏匿一對任職警局的外省夫婦，幾天後，被憲兵隊抓走（注二）。妻子曾勸他逃跑，自認坦蕩的他拒絕了，五天後，在站前被槍決，槍殺前先遊街，他一路高喊：「來來來，來看我大目仔被槍殺喔！」他聲嘶力竭地喊著，滿城父老都聽到他的冤屈，可惜老天沒有。幾聲槍響，結婚五年的妻子變成寡婦，四歲的兒子、九個月的女兒失去父親，太陽照樣升起落下，照樣有人扛著米定期把食堂的米缸填滿。扛米來的人我們慣稱他「阿盧仔叔」，他是盧鎰的弟弟，一直不知他的大名。他的兒子啟宗是大哥的得意門生，盧鎰的長子和大哥是惺惺相惜的好友，但他們和慘劇的牽連，我最近才知道。

多年後，本城豎起全國第一個紀念碑，在鎂光燈閃爍下、師父的木魚聲中，招魂幡在風中搖曳著，受害家屬含淚追憶往事。數十寒暑已然飛逝，不同的場景訴說不同的往事，經歷不同的滄桑，當年向市區炮擊鎮壓的山仔頂，附近的野球場，嘉農曾在這兒展露身手，夜裡是否有高聳的鎂光燈，將球場照耀如畫，難以知曉。不過他們揚威東瀛的事蹟，是食堂爐邊的話題，令我想起一位同學，全家挨擠在狹窄的房間裡，美麗的母親把家打理得井井有條，從沒見過他父親，只見牆上一對褪了色、殘舊的棒球手套，據說是他父親比賽用的，其時這位選手已賦閒許久，要等到威廉波特少棒登場，大家才又關注起棒球，彷彿這是一種新興的運動。歷史像海浪一樣，潮起潮落，那被推向大海的波浪，總會拍打回岸。

仔細想來，那個特殊的年代，兩代間對於一件事每有不同的看法，並非全然源於年齡的差異，平行線之間有著記憶的斷層、難以啟齒的無奈。小一的導師帶著濃濃的日本腔，學習注音符號尚不久，就現學現賣地傳授，哪能指望我們的北京話有多標準。課本以「來來來，來上學」啟蒙，許多人在家裡還是以「歐多桑、歐卡將」稱呼父母，大人和小孩也都明瞭「鎖卡、歐卡西捏、阿母奈捏、來就不」就是「是的、奇怪、危險、安全」的意思。與此同時，我們也和那些喝豆漿吃饅頭的同學有了往來，小六那年，我初嚐外省美食，那美味至今難忘，記得同學叫吳海淮，有次和我分享便當，其實他只帶一道菜，就是豆干肉絲。當時本地只有一種豆干，正方形、厚厚、硬硬的，表皮黃色，中間蓋有紅色印記，通常切片煎炒。那天我吃到的是如今到處有售，較軟較薄的豆干，肉絲用醬料醃過，與干絲的香味在熱鍋中交融，美味得令人難忘。

回家後，津津樂道，食堂的伙計當然不服氣，可惜我無法再要一盤讓他們品嚐，不過這個奇妙的經驗只是開始，後來外省人陸續亮出的「武器」，更讓本地人瞠目結舌。威力最大的當然是臭豆腐，不知縣誌是否記載，但它似乎是一九五八年秋天首次問世，地點是中央噴水旁邊的嘉義戲院前面，時間約莫午後三點，臭味從那兒向周圍擴散，從火車站到山仔頂、從林森路到文化路夜市盡頭，六、七公里方圓，都能聞到異味，那是一個難忘的下午（詳見本書〈異味諜影１９５８〉）。其後，甜酒釀、陽春麵、炸醬麵、牛肉麵也變成本地人的美食，它們從市郊的白川町、東門町向市區滲透，最後在垂楊路建立據點。當年它和台北的瑠公圳一樣，是條排水溝，人稱「河溝」，河岸植有垂柳，本是詩情畫意的地方，卻讓惡俗煞了風景。

柳樹長年吊著死去的貓咪，舌頭伸得老長，頸上繫著冥紙，隨風擺盪，溝底常有狗屍浮現，市井相信「死貓吊樹頭、死狗放水流」的說法，認爲這樣牠們才能超生。

不過，外省人可不信邪，就在河溝邊鋪上木板，搭建吊腳樓，賣起陽春麵，人稱「河溝麵」，多虧他們占住河岸，貓狗漸漸消失，間接做了功德。只是歷史不斷前進，有一天，怪手喧囂地揚起塵土，摧毀了楊柳，夷平了麵攤，河溝麵剩下斷瓦殘垣，朽木廢板被清走，鋪上了漂亮的柏油路面，昔日犬貓的墳場變成氣派的大道，罪惡終於被埋葬。摩登的商店開張了，高檔的料理店進駐了，無數的車輛和行人每天輾過、走過、踏過，但只有老嘉義才記得它的過往，就像站前廣場，那個承載多少淒涼的地方，如今整建得煥然一新，不復舊模樣。唯願它由裡到外，統統脫胎換骨，今後只有笑聲盈盈，沒有哭聲哽咽，寬敞的馬路只負載歡樂，不承擔悲傷，爐邊的嘆息永遠走入歷史。（二〇一八）

注釋

1 乾隆五十二年，福康安擊退林爽文部衆，解了諸羅之圍，柴大紀出城迎接，據說未持櫜鞬之禮，致爲福康安忌恨，種下殺身禍根。所謂櫜鞬（音高尖）之禮，櫜就是箭袋，鞬指弓囊，櫜鞬之禮就是穿著「櫜鞬服」，卽頭上縛著紅色布巾，腳上穿著便於騎射的靴子、褲子、護脛的布套，左手持刀，右邊背著弓囊和箭袋，這是下級軍官晉見上級軍官的禮服。由於嫌恨大紀失禮傲慢，福康安進城後，就開始彈劾大紀，起先乾隆還爲大紀開脫謂：大紀恐自恃守城有功，對康安禮節有疏，致爲所憎。叱康安小題大做，未能體貼皇帝愛護功臣的苦心，但後來康安聯絡官場同僚，一奏再奏，又買通民衆做證謂：大紀死守，乃受民脅迫，非出於自願，且爽文亂起乃因他廢弛軍務、應對無方，才釀巨禍。乾隆開始對大紀猜疑，竟將此案委由康安與三位大臣調查，最後在北京由皇帝廷訊後，柴大紀含冤被殺，子女發配新疆伊犁爲奴，被認爲是千古冤案。

2 盧鎰的妻子陳碧水女士接受訪問時表示：二二八事變當時，盧鎰人在高雄，並沒有參與事件，且平時很照顧外省朋友，自認爲沒做什麼事。有人勸他避鋒頭，他覺得沒必要走，一出門碰到憲兵就被帶走，他也沒反抗，就跟著走了，覺得不會有什麼事，後來才知道憲兵要抓他哥哥盧興，但找不到盧興，就把他抓了，最後莫名其妙被殺。他被槍殺前，車子經過盧興家門口，一直大聲警告盧興：「興仔，你不要出來，絕對不要出來哦！」他很勇敢，很有義氣，有人說你們是台灣人爲何取名「大陸旅社」，後來我就把它改名叫大福旅社。（詳見：嘉義驛前二二八，台灣史料中心，1995年出版）

輯二

陽春麵的味道

素琴大姊大

路過林森路時，曾見妳家舊宅那片長圍牆，牆內高挺的芒果樹翠綠依舊，濃蔭遮天，在酷熱的六月，讓人感到舒適的涼意。往年此時，妳會打落幾顆芒果，醃漬一袋微甜帶酸的青芒果捎來台北，我打開袋子品嚐時，就想起妳擎著竹竿敲打果子的情景，這時小黃肯定在樹下，好奇地仰頭，搖尾狂吠，姊夫則在一旁指點竿子該落何處。

已記不清你們在這宅院度過多少寒暑，只記得年輕時，曾不時到這兒蹭頓晚餐，和姊夫天南地北閒聊，看著三個外甥從童稚、少年，長成大人，彷彿才背著書包進來，轉眼就提著公事包出門，畢業、就業、結婚，到成爲人父人母，如今他們的子女也已經到了上大學的年齡，一家人在這兒開枝散葉，宅子處處留有你們的歡笑和回憶，夜裡盤算家計，窸窣的話語聲彷彿還在牆角打轉。和所有清寒的公務員一樣，柴米油鹽和孩子的學費、醫藥費像洪水不時地侵襲，生活總在捉襟見肘的狼狽中度過。

每次去看妳，妳總殷勤地送到街口，我回望妳離去的身影，想到妳瘦弱的身軀承受沉重的家計壓力，頓覺心酸，上天不是該特別垂憐好人，讓心地善良的人有比較順暢的人生？怎忍心因爲妳個性剛強，就給予特別的考驗？費盡心血把兒女養育成人，妳背已佝僂，視髮蒼茫，接著爲失智所苦，每天在鎭定劑的控制下，迷迷糊糊度過最後的日子，不久油盡燈枯，在睡夢中告別親人，到人間走這麼一回，竟只爲了做賢妻良母，盡了責任，完成義務，償完親情，就走了。人生如此悲苦，難怪嬰兒落地都會啼哭。

這樣說也許未必公允，妳退休後，其實也享了幾年清福，只是時間很短。那時節，兒女已然離家，妳常和姊夫分坐沙發兩頭，或看電視或閒聊，妳用台語說一句，他用安徽話應一句，妳來我往，就像接龍，從未失誤漏接，我置身其中，也感受到你們默契無間的溫暖。

記得父親過勞昏倒在新生食堂的灶腳時，妳已經在家幫忙數年，成天看妳在砧板和鼎鑊間忙進忙出，不是殺雞、宰鴨、剮甲魚、剖膳魚，就是灌香腸、捏壽司，動作利索，人人稱讚。父親走後，身爲長女，妳毅然挑起食堂的重擔，和病弱的母親共同撐起家計。父親病了兩年，醫藥費如洪水潰堤，家人到處借貸，大廚臥病在床，熟客不再光顧，生意也就淡了，妳承接千瘡百孔的攤子，雖然日夜操勞煩心，可惜獨木難撐大廈，不到兩年就清盤出場。

即使如此，我永遠忘不了，妳在母親面前，發誓承擔重任的勇氣，那年我才十二歲，懵懵懂懂，只知道上學放學。下午食堂生意清淡，偶爾陪妳攜著帳簿，四處收帳，許多在食堂大吃大喝，拍胸脯充闊佬的客人，一聽說催帳，全都變臉，稍有良心的，軟語敷衍，沒天良的，索性賴帳。想起來，一個小姑娘帶著少不更事的弟弟，催收那些爛帳，豈有不受欺的理，我們找過市郊有一大片曬穀場的地主、去過市場賣鹹魚的旺鋪、訪過住著二樓透天厝的殷實大戶，只換來無情的揶揄和難堪的臉色，無知的我也體會到家裡的窘迫。

由於家庭的重擔，妳二十五歲才結婚，在當年算晚婚，許多要好的同學早已爲人妻母。曾有一段時間，妳暗自嗟嘆，惟恐青春斷送在砧板上，年華在爐火邊耗盡，直到認識姊夫，終成恩愛眷侶。由於照顧老母幼弟，婚後還繼續住在娘家，其時姊夫在台南上班，夫妻周末才能相聚。兩年後，大哥從軍中退役，家裡有了長子支撐，妳終於能卸下重擔，那時已快三十歲了。

可賢妻良母是另一種考驗，不比孝女輕鬆，爲了節省開支，妳習慣在中午時分，上市場採買，其時攤販準備收攤，青菜魚鮮水果相對便宜，當然選擇也較有限。但無論多麼困窘，妳總能把四菜一湯，整整齊齊地擺上桌，我從小習慣妳的呵護，獨居台中時，常常理直氣壯地，一到傍晚，就去蹭飯，如今想來，眞是羞愧。

但再精細的盤算也有兜不攏的時候，終於到了不開源無法過關的時刻，妳左思右想，決定到市場擺攤，貼補家用，這是人生的轉捩點，其間有幾個難處：首先，從食堂歇業至今，已經十七個年頭，妳早已過慣公務員家庭簡單規律的生活，何況食堂工作再苦，也不須當街吆喝。其次，擺攤既要避開警察的注意，又要占據顯眼的位置。再說，進貨要和別人區隔，價錢不能比同行貴，商場的叢林法則小攤一樣適用。這些都不是最難的，最麻煩的是必須坐客運車到外縣市批貨，妳自幼敏感，一上車聞到汽油味就噁心，往往暈得七葷八素，不省人事，但爲了家庭，妳咬著牙闖了。記得第一次陪妳往鹿寮切貨，一路上妳臉色蒼白，神色憂鬱，兩眼茫然呆視前方，我猜妳心緒翻騰，有對生活的恐懼、對生計的憂慮，還有身體孱弱的怨艾，沿途我抓著妳冰冷的手，感覺又回到多年前那個秋天的下午，我們牽手到曬穀場收帳的情景，只是弟弟無能，蒙妳照顧多年，雖然長大成人，卻無力爲妳分憂，只能默默陪妳前行。

好在上天垂憐，妳慢慢克服暈車的毛病，漸漸掌握進貨的訣竅，在市場的一角有了據點，雖是蠅頭小利，卻不無小補，一路坎坷地走過來，負擔逐漸變輕的同時，妳的體力也變差了，有一天終於也從市場退下來，在家享受清福。但不久，公家千方百計地索回宿舍，明面上的理由是改建整修，實則想清空便於處理，這種寧願任由屋舍空置，也不願讓眷屬棲身的做法，隱含對住戶可能霸占的不信任，對於奉公守法者是一種傷害，姊夫雖然看穿官家心態，但也只能悻然配合，何況官家向來有兩幅面孔，對高層多的是體恤，對基層多的是辦法。十多年過去，證明姊夫的感覺是對的，現在屋舍還是空的，只是一片廢墟景象，大門朱漆剝落殆盡，屋瓦縫隙生滿雜草，院內荒草野花齊人高，蜥蜴在草叢間橫行無阻。

妳們離開老宅，搬到新居後，我還是常去看妳。其時，妳已很少出門，每天待在家裡，懷念那個有蔭的宅院，沒幾年，妳就爲失智所苦，經常胡思亂想，也給家人帶來困擾，對枕邊人疑神疑鬼，甚至在姊夫離去時，也不特別難過，妳已活在另一個幻想的世界。妳個性敏感患得患失，也許是上天有意安排，讓疾病痲痺喪偶的傷痛，妳只覺得家裡少了一個人，忘了那是最親密的丈夫。我偶爾去探望，妳也昏昏沉沉，雖還認得，但已無力交談，我呆坐一旁，不知要說什麼，漸漸發覺造訪對妳是一種打擾，也就不敢造次。幾次經過妳家附近，我都克制自己，不敢入內。我知道三個外甥都極孝順，老大住得近，每晚都來探望；老二每天從豐原趕來陪妳半天；老三周末從台北回來，日常起居有外傭打理。妳雖然失智，但兒女並未對妳失敬，畢生爲生

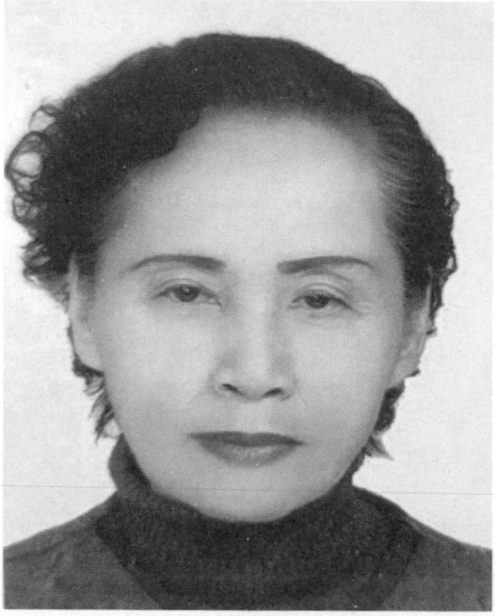

指定這張照片是大姊一生中唯一為自己做的事（上）；
大姊全家福，前排右三為姊夫（下）。

活操勞的妳，常羨慕別人經濟條件好，渾忘了妳有三個孝順的子女，那可是別人難盼的福分，是比物質更豐富的資產。

告別式會場，最顯眼的是妳漂亮的半身照，蛋形的臉龐、挺直的鼻梁，配上明亮的眼睛，神態優雅，衆人大爲驚豔，阿敏說：媽媽生前特別交待，要用這張照片。我聽了鼻酸，這是這輩子，妳極少數爲自己盤算的事。年幼時，只覺得妳容貌秀麗，沒想到是如此出衆，我還留有妳年輕時和幾位親戚同遊台中公園的照片，似乎是妳頭一回，也是最後一次旅遊，是青春最後的印記。

妳一輩子努力做一個好姊姊、好女兒、好太太、好媽媽，少有機會做自己，連我也忘了妳曾經那麼美麗、那樣出色，也曾對未來有無限的憧憬。回想起來，妳的青春是伴隨食堂的油煙、店裡食客嘈雜的聲音、灶腳各種生鮮的味道，慢慢消逝的。願來生，妳能更歡愉，做更多的自己；願來生，我倆角色互換，妳做弟，我當姊，妳也享受被呵護的溫暖。（二〇一九）

陽春麵的味道

十三度的低溫，朋友熱情相邀一起吃宵夜，說是沙茶火鍋，寒夜圍爐委實令人心動，但躊躇一下，還是拒絕，想起來，不吃宵夜已經很久了。

曾經因爲工作的關係，下班後，習慣偕同事到處吃宵夜。在那個畸形的年代，愈是重大的、人人想知道的消息，媒體的報導愈是輕淡，總是寥寥幾筆帶過，簡單得像素描，可又留些蛛絲馬跡，容你在街弄間、餐廳裡、酒館內或路邊攤，彼此交換心得，把圖像拼湊起來。在那個報紙只有三張，電視只有三台的時代，每個人都曉得一點無緣在媒體曝光、卻又聳人聽聞的故事，可以在席上夸談半天，故事有些是祕辛、有些是醜聞、有些是笑話、有些是神話，在酒精和食物的催化下，在空氣中嗡嗡流竄著，熱鬧地扯上大半夜後，大家嘆息一聲或咯笑幾下，分別離去。

說來諷刺，如今鐘擺從這頭擺到另一頭，再細微的事情，不論你是否關心，總有鉅細靡遺的報導，像顯微鏡般，芝麻綠豆的事情，被放大再放大，你必得把它縮小再縮小，還原尺寸，才知道事情不過如此。報導中的恐龍原來是水塘裡的蝌蚪，上山打的老虎其實是隻小狗，在一百個電視頻道的今天，眼睛看到的、耳朵聽到的，要想不成爲新聞也難。記者每天疲於奔命，透支一天的精力後，恐怕再難有氣力，下班後，還悠哉遊哉地吃宵夜，即使相聚，談的恐怕也是工作的辛酸，在待遇微薄的今天，能吃碗陽春麵，配些滷菜就不錯了。

在那個深夜大快朵頤的時代，雖然薑母鴨和百元快炒還未上市，夜點的內容並不見少，有清粥小菜、海產火鍋、沙茶牛肉、陽春麵或是海鮮大餐，配上幾瓶啤酒。如今想來，當時的腸胃眞厲害，飽足晚餐才幾個鐘頭，就有胃口享受豐盛的宵夜，比起南部的故鄉，台北的食物實在豐富多了，初來乍到時，每次宵夜總有驚豔的感覺，想不到人間有如此美味。說眞的，除了陽春麵，其他各種點心，都是來到此地後，才有機會品嚐，即便是陽春麵，此地的花樣也較多，陽春之外，還有牛肉湯麵、炸醬麵、麻醬麵、大餛飩、擔擔麵、紅油炒手，林林總總，宵夜的話題也隨著閱歷比以往豐富，比起來，少年時期的陽春麵，實在單調，話題也單薄，有點像黑白片，蒼白荒蕪。

記得十六歲剛上高中，才把《唐詩三百首》讀完、把《紅樓夢》胡亂翻了一遍、把船形的童軍帽拋棄，戴起帥氣的大盤帽，想像自己是大人，其實還是青澀的少年。當時，家中經濟拮据，父親過世已經三年，他創業的食堂也轉了手，母親賣掉店鋪，結束餐廳的生意，全家搬到偏僻的市郊，本應縮衣節食度日，但她不善理財，又長年病痛，三天兩頭要上醫院，離不開藥丸針筒，一下子把積蓄花光，不時還向親友告貸。大哥就在這個時候，服完預官役返鄉就業，以爲家中還有餘糧，可以勉強度日，哪知境遇已如此不堪。

有天下午，他陪著母親進城看病，回家途中，不經意問道：家裡還有多少錢？母親回說：哪裡還有錢，還欠人家不少呢。大哥聽了手腳冰冷，半晌說不出話來，二十三歲的他，甫出校門一年，家中不時還有同學上門，談論出國深造的事，大哥雖然不敢存此奢望，但多少也感受到這種氣氛，不時自怨自艾，誰知現實比他想像的殘酷，不但要奉養老母、幼弟，家裡還揹了一些債。身爲長子應該擔負的責任，像土石流鋪天蓋地掩至，傅園的樹影猶在心中婆娑，杜鵑花香還在小徑流連，柴米油鹽的悽愴就逼到眼前，大學時也算風流倜儻的他，從此在生活的算計裡掙扎，難有笑容，但不管多麼驚恐，命運的枷鎖把他牢牢困住，無從反抗，每當他談起這段艱辛，我就爲當時無能與他分憂，深深自責。

在那段沒有笑容的日子裡，身兼數職的他難得喘息的時候，是深夜母親入睡以後，他的工作告一段落，我也把課業做完，兄弟倆相偕到民國路吃陽春麵。民國路一帶人稱東門町，雖然有個東洋味的名稱，其實是外省人的聚落。一般軍眷住在一棟棟的平房裡，廁所是公用的；高級軍官則住在朱門墨瓦、獨門獨棟的日式房子，門一開啟，就看到花木扶疏的庭院，還有院中追逐的小狗。白天這裡有許多賣包子饅頭的小鋪，蒸籠裡的饅頭，白白胖胖，整整齊齊地疊在麵粉袋裁成的布墊上，早上最熱鬧的是燒餅油條店，方塊酥就在這裡起源。附近有一個小市場，和其他地方不同的是，此處魚鮮很少，麵食品則種類繁多，像厚實的大餅、槓子頭、白麵條、家常麵，還有寧波年糕、酸豆角、辣蘿蔔乾、辣油等等，有幾家中午才開張的麵館，說是麵館，其實是擺在屋裡的攤子，除了陽春麵，還賣滷鴨頭、豆腐乾、海帶和餛飩。

哥倆經常光顧的一家，老板矮矮胖胖，像洋火腿一樣飽滿，圓圓的臉，很少說話，也難得微笑，態度卻很親切，說的是蘇北話，有時候很難懂，像鴨頭，他都說「呀透」。他熬的麵湯特別香，據說是用鴨頭湯做底，我們習慣叫上兩碗乾麵，上頭鋪著特別的餡料，是榨菜炒豆乾丁。這麵貌似炸醬麵，卻沒有炸醬的濃烈，喧賓奪主地把其他味道都掩蓋了，口感也就層層疊疊，各種食材的味道都在舌尖打轉，滷汁中鴨油的香味、碗裡青蔥的微辣、醬油的豆香和麵的素樸，都攪在一起，各自在舌蕾散發出來，好像花苞突然綻放。在碗裡攪拌的時候，一邊聞著香味，一邊看著麵條的顏色轉濃，一邊大口地呼氣，把麵吹涼，那種幸福真是天上人間。

我們坐下不久，圍著廚裙的胖子，顫巍巍地端著麵走來，人還沒到，就聞到麵的香味、他身上隱約的汗臭，以及煤球燃燒時的窒息味，唏哩嘩啦地飄送過來，陽春麵一上桌，胖子就回去倚在料理檯邊，點起菸，眼睛瞇成一線，彷彿在想什麼心事，有時也胡亂哼幾句京劇。大哥一邊吃麵，一邊看著胖子吐出的煙霧，裊裊地上升，慢慢地擴散，盯著我說：你知道這攤子養活多少人嗎？

我搖搖頭，大哥扳起手指，數著說：胖子、他表弟、表弟太太，還有她的兒子。我邊聽邊點頭，瞥了胖子一眼，想起有時在店裡招呼的一位男子，還有一個經常揹著嬰兒的少婦，想必就是胖子的表弟和他的家人。我們吃麵的桌子，鋪著一層塑膠布，終年油油黏黏的，角落還常沾有豆乾渣。店裡只有三張桌子，屋頂是鐵皮的，颳風下雨的時候，常常呼嘯不停，發出喀喀卡卡的聲音，上天咆哮時好像隨時會把它轟走。聽完大哥的話後，心裡有些憫然，不停翻攪碗裡的麵條，想把佐料拌勻，挑起又放下，放下又挑起，麵就慢慢冷了，不像往常那樣香。胡亂吃完後，我們趿著木屐慢慢走回家，木屐聲在寂靜的夜裡規律地響著，路上少有行人，遠處間歇傳來嗑嗑嗑的聲音，是盲人按摩師打著響板，拄著拐杖在巷弄的某處，得得得地摸索前進，我們默默走著，好像都有些話要說，卻不知從何說起。

從此以後，我對胖子就存著敬意，有時候在街上，看他雙手各拎一個草袋，沉沉的，壓得肩膀有點歪，滿臉都是汗水，舉步維艱地走著，彼此會相視一笑。不會騎腳踏車的胖子，每天都這麼費勁往來於市場和麵攤間，雖然勞累，他的麵攤幾乎全年無休，偶爾我們也會晌午就去光顧，通常是年關將近，債主們從鄉下進城來要債，對於這些遠道來的親友，母親和大哥先在家陪盡笑臉，懇求對方展延，說盡好話後，再留他們吃中飯，我負責到胖子的麵攤張羅。這種午餐比起宵夜，豐盛得多，通常是：乾麵加滷蛋、豆腐乾、海帶，還有餛飩湯，這是當時所能張羅的最好款待，明瞭了家裡的困境，又感受到還債的誠意之後，債主們黑著臉、背著手走了。

我清掉碗裡的殘菜剩湯，把碗盤送還給胖子，回到家，看見母親和大哥的臉色稍霽，知道這個年總算熬過了，可是天卻開始陰起來，好像隨時會下雨，我趕緊把水桶、臉盆和湯鍋準備好，一會兒屋頂漏起水來，才不致手忙腳亂。（二〇一三）

原罪

一間很小的咖啡廳，門一推開，陽光斜射進來，映著方格的塑膠地板，泛出灰濛濛的微光，有五、六張檯子、一部伴唱機、一支麥克風，雖然無人唱歌，伴唱機還是慵懶地流轉著，老歌的音符裊裊漂浮，盪出親切又遙遠的感覺，讓人輕飄飄地舒服。

穿著夜市買來的黃色洋裝，貴姊和滿臉害羞的阿娟手牽手推門進來，角落裡一對男女看到她們，馬上滿臉堆笑站起來。男的是位魁梧的漢子榮哥，六十多歲的鰥夫；塗著厚厚脂粉，頭髮卻剪得俐落的是美鳳。今天是榮哥和阿娟相親的吉日，由美鳳和貴姊牽線，榮哥的介紹人是美鳳，阿娟的媒人是貴姊，兩個世故的女人撮合這對寂寞男女，希望他們互相順眼，成就好事，他日若能再開枝散葉，更是功德無量，口碑又多了一樁。

雖說時代進步了，只要男歡女愛就能在一起，可這是年輕人的專屬，對於失婚或喪偶的中老年人，人們少了這份寬容，總覺得透過中間人的媒合，形式才算周全，親友才能認同，不必擔心流言蜚語。風氣如此，貴姊的工作得到尊重，經她撮合的「夫妻」，少說有十五、六對，儘管從未到鄉公所登記，把名字寫在戶口名簿上。

媒合鴛鴦的工作幹久了，心裡的感慨就多了，年輕時對於媒妁之言嗤之以鼻的她，臨老竟當起媒婆，想想都覺得好笑，按部就班成事的姻緣，到頭來，竟不如把當事人約來，一杯咖啡開頭、兩三句好話助興，喜事往往能定下來，日子還過得甜蜜蜜，不也有點荒謬？兩個不相干的人湊一起，竟是爲了日後的天長地久，雖然彼此都已走過滄桑，頭回見面，還是有些尷尬，有一搭沒一搭地聊著。搭不上話的時候，就用色彩鮮豔的吸管攪著褐色的咖啡，在玻璃杯內弄出「可樂」「可樂」的聲響。單調的聲音讓貴姊陷入沉思，從杯內混濁的漩渦裡，彷彿看到被命運攪拌的人生。

做爲家中獨生女，從小備受呵護，雖不是千金小姐，但家境還算富裕，開設的五金行，送貨的店員就有六、七個，幾個粗壯的漢子每天扛著鋼材、鉛管出出進進，烏黑的鞋印在地面留下一層厚垢，像是刻意抹黑的地板。潮濕的春天，蒸出獨特的味道，是各種金屬、滑潤油和汗臭交織的異味，地上到處散落著粗重的鋼管、大小的凡而、接頭、小馬達，靠牆的玻璃櫃收納著鐵鉗、起子、套筒、鑽頭和昂貴的培林。店裡一早就發出哐噹的噪音，是鋼材觸地的聲響，這些聲音在她父親聽來，猶如銀錢在口袋發出叮噹，可對於一個整天守著電話、記著流水帳的十八歲少女，是沉悶、單調和無聊。

這是一個陽剛的行業，男人是純樸、賣力、內斂的；女人也應該是端莊、樸素、寡言的，它和年輕躍動的心靈有著抵觸。她曾擔心青春或許就在哐噹聲、汗臭味、吆喝聲裡老去，直到有一天，突然發覺有一雙眼睛偷偷盯著自己，猛回頭，看到一個店員慌張地望向別處，從此她開始留意這個伙計，一個身材高大，張嘴就露出白色的虎牙，有點像石原裕次郎的小伙子。私底下打聽，是一個普通的伙計，沒人對他有特殊的印象，只覺得是活潑健談、有點輕浮的傢伙。從此，彼此都像叢林裡的動物互相窺伺，有一天，她忍不住盯著他問：「爲什麼老看我？」她的話像矛一樣刺過去，他不知如何閃躲，刹時臉紅了，訕訕地，沒說什麼就跑了。

兩天後，她在抽屜發現一個信封，心跳臉紅地打開來看，是一只銀色的胸針，和一封字跡歪斜的信，她趕忙收進封套，塞入包包裡，夜深無人時，把生平第一次收到的異性的禮物放在桌上，仔細端詳。別針上是一簇簇盛放的花朵，在檯燈的照射下發出柔和的光，背後焊著尖細的針。她小心翼翼別在胸前，彷彿心也被銀色的針穿住，打開那封字跡歪斜的情書，喜悅中有著失落，眞情是用粗糙的文字表達的，像一件質料高貴的衣服偏偏綴上補釘，怎能奢望整天幹粗活的漢子既能扛起沉重的鋼材，又能細緻地表達感情？

從此兩人心裡裝著對方的影子，儘管愛情得不到祝福，但青春的火苗一旦引燃就難以撲熄。婚禮在家長無奈下舉行，儘管如此，除了婉謝聘金之外，喜餅、婚宴、歸寧宴樣樣齊全，她終於擺脫了沉悶無聊的金屬世界，開始自己想像的人生。

說來也巧，他也想離開這個行業，儘管身強力壯，他並不喜歡伺弄這些粗笨的傢伙，覺得男人應該出外奮鬥，做大事賺大錢，爲家人爭一口氣。離開五金行，轉做菸酒飲料批發，有那麼兩、三年，他是模範丈夫，克勤克儉、沒日沒夜地忙碌，在甜蜜的氣氛中，他們添了兩個寶寶，成爲鄰里羨慕的對象。

可惜他沒耐心鑽營一個行業等待收穫，總想像新行業會有更豐厚的回報，這份性格驅使他像攪拌機一樣，不停地攪打，從飲料批發轉做輪胎、再做飼料，接著做雜糧生意，時而與人合夥，間或單打獨鬥，經歷愈豐富，收入卻愈少。貴姊不禁懷念起單調的五金行，那千篇一律的傳票、哐噹聲和熏人的汗臭，可惜時光無法倒流。命運開她一個玩笑，本來只想騎上旋轉木馬，悠悠瀏覽五花八門的世界，哪知竟搭上雲霄飛車，整天提心吊膽。

各種行業耗光了積蓄、消磨了志氣，男人再沒有勇氣拚搏，只好出賣勞力，先開貨卡，又嫌公路寂寞，出海當起船員來，在失聯三個月後，貴姊收到一張海外的明信片，字跡熟悉，風景卻陌生：一艘大船停在碼頭，遠方是大海和藍天，幾朵白雲飄浮，近景是整排水泥柱護欄，還有護欄間的鋼索。此後，這樣的明信片從不同的地方陸續飛來，像開普敦、馬尼拉、雅加達或是陌生的地方像林查班、瓦倫西亞等等。

少婦整天爲柴米油鹽操心，隨著丈夫的足跡，從北到南不斷遷徙，從北投移居淡水河邊的三重埔、八掌溪畔的三界埔、白河邊的檳榔樹角，一直到半屏山邊的劉厝庄，總算落下腳。有一段時間，男人音訊全無，只好厚著臉皮搬回娘家。溫厚的父親早已離世，當年的任性留下了傷痕，母親的話有時像刀一樣戳進心裡，但能叫痛嗎？被愛情懲罰的她到底該怨誰？不管怎樣，這個男人在她蒼白的歲月裡，曾給過她愛情的歡樂。

回首前塵，她竟忘了路是怎麼走過，兩個兒女是怎麼長大的，只記得曾經白天進車衣廠，晚上去餐廳洗碗，回家還要幫客人修補衣服，一家人常常幾個饅頭或一碗麵打發一餐。受完義務教育後，孩子們就得輟學下工廠。年輕時有著獨生女的嬌弱，時不時胃就發炎，醫師說是心情憂鬱引起，要她往寬處想，等到髮鬢皆霜，身體居然好起來，仔細回想，似乎是接到船公司通知的時候，說男人跳了船不知所終，靠岸的地方是赤道附近的港口。船走了，男人沒上船，有說是被當地的女人拐走，有說得了不名譽的病，死在設備簡陋的醫院，有說因爲欠賭債被人砍死。那是一個白天四十度高溫，時有瘟疫蔓延，部落械鬥經常發生，肉販用竹竿插著生豬肉沿街叫賣，蒼蠅到處飛舞的地方，也是男人最後的足跡。

船公司勸她出國尋人，可她沒能力張羅旅費，再說，這麼多年過去，男人只剩下象徵的意義，卽使回來，能安分待在家嗎？倒不如藏在心底。就這樣在劉厝庄定居下來，當工廠嫌她太老，她四處打散工，自動幫回收場做分類，或者早市收攤時，幫忙攤商善後，換得兩個碗粿、三顆粽子或一碗熱騰騰肉羹，日子就這樣過下來，終於熬到能夠領取年金，有一份薄糧可以依靠，心也踏實了。一天下午兩點左右，她從早市打雜回來，遠遠見到一個穿黑褲子的男人，低頭落寞地蹲在門口，她以爲是收破爛的同行，走累了正在歇腳，走得近些，那人抬起頭，一張黑黝黝的臉孔望著她，雜亂的鬍髭微微地顫動，他張開嘴，似乎想笑，露出熟悉的虎牙，囁囁地說：「阿貴……」然後愣愣盯著她，說不出話來。

她遲疑了一下，全身激動地抖著，心撲通撲通跳著，感覺手腳冰冷，就快站不住，不停用手撫著胸口，好半晌，才寒著臉說：「還沒死？」男人沒搭腔，用手扶著門板慢慢站起來，默默跟著她進屋。

隨後幾個月，她當他是一件失而復得的家具，一張沙發或一條板凳，本來不見了，突然又出現，就讓它擺著吧，不須理會，讓它在角落默默地待著。這麼多年過去了，她已習慣一個人生活，早就能自力更生，現在又有年金依靠，對生活無所畏懼。她謹記醫師要她放寬心的囑咐，不去想煩心事，夏天上山採竹筍、到工廠切嫩薑、秋天下田收割高麗菜，再從成衣廠攬一些修剪線頭的零活，有時做點資源回收。選舉熱季時，登上宣傳車，用磁性的噪音催票，豐富的歷練讓她口若懸河又葷腥不忌，格外有說服力，儼然成了村子的名嘴。

閒暇時，也像男人一樣喝酒賭錢，在村口的雜貨店，盤著腿就著豆腐乾、花生米，和村裡的閒漢從日正當中，喝到夕陽西沉。丈夫對她已如陌生人，出門前丟幾個銅板讓他自理，回到家各做各的，原來粗裡粗氣的丈夫如今像被閹過的公雞，無精打采，因爲腿腳不利索，幾乎不出門，沒事會幫她掃地、收拾屋子，有時候，她出門忘了關燈熄火，他也幫忙善後，偶爾還幫忙熬湯煮飯，料理簡單的家務。她慢慢覺得有個伴也不錯，開始有些互動，有時親友對他們的關係好奇，她就拉大嗓門回應：「不知道女人最沒志氣嗎？」那份悲涼頓時讓對方噤聲。偶爾兄弟過來探望，名貴的轎車穿街過巷，鄰居們在背後指指點點，貴姊心中有點得意，她若無其事地送走客人，背著手，沿著田埂慢慢走回家，夕陽照著她的背影在田裡悠悠地晃著。（二〇一六）

安娜

落日餘暉悄無聲息逼近，灰濛濛地暈染了四周，白天接近尾聲，這是一個平靜的日子，沒有任何城市遭受恐怖攻擊，股市平穩地上升八十點，動物園的熊貓飲食正常，後巷也未傳來紅燒臭豆腐的異味，剛背起肩袋走向門口，正準備出門運動，電話鈴響了。

「喂……喂……我是安娜，我們已經到了捷運站，會不會太打擾啊？不會？那我們就在出站口等，好嗎？好，就在門口等，好好，再見。」

電話掛上，頓覺血壓升高，心跳加速，胸口鬱悶，又是安娜！有些親友，一日不見如隔三秋，令人懷念；有些是三秋不見，如隔一日，讓人想忘也忘不了，就像安娜。每次出現，總會有意無意掀起波瀾，讓你的生活變調，覺得渾身不自在，卻又說不清爲什麼，似乎她總帶著一支仙女棒，隨便一點，世界立刻走樣，周遭的人都變得寒酸庸俗，只有她光鮮亮麗，必得等到她走了好一陣，大家才能回過神，慢慢回復原來的模樣，好像池水無端被攪亂，須等汙濁沉澱後，才能回到原先的清澈。

雖說，前幾天來過電話，她和姨丈要來台北住幾天，但何時到，可沒說定。沒料到像一陣風似的，說來就來，而且挑這個晚餐剛剛備好、客房尚未清理的尷尬時刻，不過這也是她的作風，永遠出人意料。

其實她人還沒到，故事早就傳開了。南部二妹家熱情款待遠客，請她上最好的館子，回家又泡了上等的烏龍茶，當大家歡暢敘舊，氣氛無比溫馨的時候，她開始讚美雅致的茶具，拿起茶杯一再把玩，嘴裡嘖嘖有聲。二妹知道情況不妙，故意裝傻，但安娜是不客套的，咕噥了一陣，見沒有反應，乾脆直言：「用這個在美國泡茶多好，那邊買不到這麼特別的，送我可以嗎？」說完眼睛直盯著二妹，二妹只好說：「您拿回去好了，我再買就有了，沒關係。」「沒關係？那我就不客氣了！」當她說「不客氣」的時候，所有人都忍住笑，只有茶具的主人、二妹的老公皺了眉頭。她用同樣的方法，拿走一瓶老媽珍藏的陳年老酒、三姨陪嫁的八仙桌圍、二舅媽視若珍寶的玉珮。當她索要這些東西的時候，態度是那樣誠懇，語氣是那麼眞摯，作風是那樣直接，所有的人都無法拒絕，這就顯出了眞本事，不過這不是她唯一的強項。

幾年前，她從美國回來，也是我奉命接她。深夜到達的飛機，遲了一個多鐘頭，在入境大廳等她，緊盯著每個疲憊不堪的旅客，看得眼睛都花了，終於主角出現，繫著一條桃紅色底、菱格紋的領巾，優雅地走出來。雖說經過長途飛行，但膚色深如歐巴馬的她，絲毫不見倦容，反而神采奕奕，一見面就非常熱絡，不斷稱謝，讓我們受寵若驚，覺得接待了一位重要的賓客，不禁飄飄然。當我幫她推行李車時，她邊走邊掏皮包，拿出一團用餐巾紙包著的東西，鄭重其事地說：「這次匆匆忙忙，沒帶什麼給你，這是飛機上特別供應的三明治，我吃了一點，捨不得吃完，留半個給你，你一定要吃哦！一定要 try！千萬別浪費！」她雙手奉上半只已經有些濕黏的三明治，神態之嚴肅，彷彿總統頒發榮譽勳章，我只好誠惶誠恐地收下，再三道謝。

相處久了，才知道原來「特別爲你做的」、「特別爲你買的」是她的口頭禪，她習慣在每件事前面加上「特別」，以顯誠意。她經常逛跳蚤市場，買些「特別」的東西，像一只小酒杯、一個破鏡框、一串舊珠鏈、一小塊印度花布，買回來後，會在鏡框的缺角處，黏上一塊河邊撿來的石頭，或是挑一件銀色的吊飾，穿上珠鏈，或用蕾絲爲花布滾上邊。經過她的巧手，原本不起眼的東西，立刻變得生動有趣，像廟街或萬華老街的古玩，這些全是她口中的treasure，私人的collection。她喜歡旅行，接受各地親友的招待，當餐宴接近尾聲，就從包包掏出一兩件小玩意兒，說：「這是我的treasure。」「非常非常珍貴的東西，特別爲你做的。」誰忍心拒絕特別爲自己準備的禮物呢？於是一一收下，安娜也樂得到處宣揚，成爲她的credit，於是親友們都知道誰收了安娜的哪件collection。

和安娜的treasure同樣寶貝的，是她的家人。

她有一對兒女，由於不爲人知的原因，她很少提到兒子，女兒小芳倒經常掛在嘴邊，有一份好職業，嫁一個好丈夫，是墨西哥後裔，非常顧家，而且是重要人物，如果他休假，飛機就無法起飛。每次說到這裡，她總壓低嗓門，像透露一件國防機密，令親友們肅然起敬，以爲這女婿不是在波音，就是在休斯或洛克希德，後來才知道是一位職業軍人，可能是修護士，負責維修飛機。安娜其實也沒說錯，如果沒有修護士維修，軍機確實無法起飛。

談到女兒小芳，她可以從幼稚園的演講比賽講起，一直吹噓到結婚時的華麗禮服，再兜回她前途無量的職業。從事保險業務的小芳很少在家，不是在雅加達，就在孟買，或是曼谷，經常在亞洲各地飛來飛去，考察業務。

女兒這麼優秀，孫女當然也不差，十三歲的她是個天才，寫作好手，每一篇文章，都被貼在教室的牆上，讓同學們觀摩。上作文課的時候，老師總要她起來朗讀自己的作品，讓同學們欣賞，說著說著，安娜突然停頓下來，經驗告訴我們，這是她加強語氣，想透露重要訊息的前奏。果然她降低了音量，讓聲音變得更富磁性，像強調女婿的工作時那樣，她說：「最近孫女參加一個針對teen的徵文比賽，你知道有多少人參加嗎？三千多人呢！有加拿大人、英國人、紐西蘭人、澳洲人，還有南非人，競爭非常激烈，光是ＬＡ就有兩百多人，紐約有四百多人……。」聽完安娜的描述，對這個比賽產生無比的好奇，問她獎品是什麼？

「是他們最新一期的雜誌，包得漂漂亮亮地寄來，非常有紀念價值，雖然東西不是很值錢，But you know，這是一種獎勵，對不對？」

大家點頭附和，安娜露出了一種矜持的神色，顯示即使有這麼傑出的孫女，她也是謙遜自制，不敢過度張揚，這時安娜的丈夫，總是深情款款地望著她，像欣賞一件藝術品。

說來令人難信，一位文質彬彬、沉默寡言的工程師會喜歡這樣聒噪的女人，安娜一天講的話，大概就是她先生一年講的。會彈鋼琴，又擅長聲樂的她，年輕的時候，雖然不算美女，但出自一個有名望的家族，讓她自認高人一等，不須理會別人的感受。她喜歡在夜闌人靜時，引吭吊嗓，萬籟俱寂時，高亢的聲音像利刃一樣刺入耳膜，鄰居和家人都苦不堪言，卻又敢怒不敢言。最近她突然問我：當年深夜練唱會不會太吵？我點點頭，回憶起當時公雞在半夜被吵醒，咯咯咯地附和女高音，狗兒也跟著汪汪叫的慘況，她的神色立刻落寞下來，像有些追悔，有點尷尬，沒想到答案竟是如此。這麼多年過去，她已經不再練唱，但聲音仍比別人高出五、六度，平時談話不覺得，只要一激動起來，聲音就特別刺耳，而她偏偏又容易激動，斯文的丈夫怎麼受得了？大家都納悶。

不過，安娜的強悍和直率，爲她在家族裡爭到了特權，在還是男尊女卑的年代，她從來不用做家事，經常對著燈光，舉起纖纖玉手細細端詳，深恐它受到柴米油鹽的摧殘。她嬌貴的手指是用來彈琴的，用來做手工藝品的，是藝術家的手，沾不得廚房的油煙，受不得洗潔劑的侵蝕。所以，衣服，先生洗，飯菜，先生打理，公婆不敢囉嗦，妯娌不便多嘴，丈夫沒有怨言，別人又能說什麼？任何人的聲調都沒有她高，音量沒有她大，丈夫在家族裡受了什麼委屈，往往透過她的高分貝，吵嚷一番，找回公道，獲得平反，日子一久，大家也都了然：上帝要一對男女結成夫婦，自有祂的道理。

丈夫不便說的，不敢講的，做不出來的，安娜都是勇往直前，橫衝直撞，進行到底，講到盡，像是他的代言人、傳聲筒。雖然這個傳聲筒，有時候過於誇張，經過她描述的事情，尺寸不是放大，就是縮小，但這些小小的失誤，比起她的盡責直接，是可以容忍的，外交官也有說錯話的時候，不是嗎？

據說安娜家族在日據時代非常顯赫，至今仍有少數親族住在台北，從事傳統的黑手行業。一個冬日的午後，陽光黃燦燦地照著，我載著她回到市區老宅探親，祖厝位於老社區的腹地深處，雖然隔一、兩個街口，就是寸土寸金的鬧區，但這兒彷彿是光明投影下的黑暗，存在是為了凸顯隔鄰的繁華。時間在這裡是停滯的，即使大白天，老屋內依然陰暗潮濕，磨石地板破損了，露出了黑色的泥土，經過長時間的踐踏，微微泛著光，空氣中飄浮著一股奇異的味道，是霉味、滑潤油和廢銅爛鐵的混合。這些彷彿被時代拋棄的屋舍，每家都保存了幾件先祖時代的骨董，譬如幾幅清朝的畫作、一套完整的鳳冠霞帔、一架據說是台灣第一部的縫紉機，還有明朝的太師椅和瓷器。安娜每次回來，總要造訪祖厝，熱情寒暄之後，堂兄弟每每從沙發上起身，穿過透著陽光的天井，走進幽深的內宅，拿出一、兩個寶貝物件，好讓她帶回美國向朋友炫耀。

由於教會的關係，在臉書還沒問世以前，安娜已經有數之不盡的朋友，她嘹亮的歌喉是主日禮拜不可或缺的音響。她最喜歡在家裡舉行party，做些cookie招待鄰居好友。這時，從台灣帶回的寶貝就派上了用場，一件件攤在桌上，衆人發出了驚喜的讚嘆，有些是眞正的歡喜，有些是禮貌的應酬，有些則是誇張的討好。安娜則像政客一樣，習慣將每個掌聲歸結成自己的榮耀，對party就更熱中了。曾經有一段時期，party是無所不談的，除了她心愛的女兒小芳。

在叛逆的年齡移民美國，小芳從青少年起，路就走得坎坷，爲了融入白人社會，爲了顯示與衆不同，什麼都敢嘗試，曾經是校園的頭痛人物，中學換了幾個學校，從東岸到西岸，勉強上了大學，又不適應，曾經輟學又重讀，重念又休學，歷盡千辛萬苦，親友都爲安娜難過，但沒人敢當面問她，直到她結婚，一夕間，所有的事情都平順了，至少安娜是這麼說的。

我邊騎著摩托車，邊想起這些往事，它們點點滴滴在記憶裡閃爍著，有如路旁的交通號誌。穿過幾個紅綠燈後，捷運站已經在望，遠遠就看到安娜和姨丈站在路燈旁。機車一次只能載一個人，我就先讓安娜上車，看到我騎摩托車來接她，安娜又驚又怕，沿途尖叫連連，像是被綁架的肉票，惹得路人側目，這種肉包鐵的交通工具，美國人一向害怕。在台灣，他們嫌交通亂，連汽車都不敢開，更何況機車，但坐摩托車令她憶起遙遠的青春，竟然特別地興奮，一坐上去，雙手搭著我的肩膀，一路上愈掐愈緊，後來簡直是用抓的。在車陣中穿梭的時候，我已經儘量騎得慢，時速不過二十，但對她還是一段刺激的路程。

到了家，妻早已將飯菜擺上桌，雖然是臨時應變，但也是四菜一湯，葷素俱全，不致失禮。她把行李放好，看著桌上的魚蝦蔬菜，發出一聲高亢的讚嘆。吃到一半，安娜說：「來這裡太麻煩你們了，特別爲你們準備一個小禮物，是我的treasure。」說完轉過身，拿起掛在椅背上的包包，打開拉鏈，她丈夫在一旁微笑地望著。（二〇一二）

i 幫的東尼小子

清晨兩點，東尼像貓一樣從床上彈起，躡手躡腳地踮出臥室。廚房的小燈照舊亮著，蒼白地指向通往一樓的走道，地面泛出霜一樣的微光。他弓著腰、屏著氣，先邁出一步，確定沒弄出聲響，再跨出第二步，終於到了下樓的梯緣，他知道只要下到第十五級，就是一樓了。

順著階梯的下降，燈光愈來愈暗，東尼掏出口袋裡的手電筒，用手捂住亮光，確定無人發現，才順著亮光，走向一樓的書桌，右手輕輕拉開抽屜，手指探進去，指尖觸及一個冰涼的小圓球，心中一陣狂喜，知道得手了，那是他媽媽的汽車鑰匙串，他忍不住發出輕笑，小心關上抽屜，快步走出。紅色的March就停在門口，他像風一樣鑽進去，先打開頂燈，臉孔湊向後視鏡，用手把頭髮挑鬆，一邊吹口哨，一邊撥通手機，露西甜美的笑臉出現了。「嗨，老婆，我出來了，不要走開，我馬上就到！順利？當然順利！我哪次失過手呀？好了，待會見，Bye。」

放下手機，腳底猛踩油門，March像支紅箭咻一聲衝出去，清晨的街道還在酣睡，空蕩、沉靜、灰暗，有如寧靜的海底。車子像大魚恣意游走，所有魚蝦都得遠遠閃開，四十、六十、八十，飆到一百二、一百三，只是瞬間，碼錶的指針不斷往右移，引擎怒吼聲愈來愈大，輪子飛快地轉，心跳跟著沸騰，感覺就像自己貼著地面飛行，身體隨車勢轉彎，忽而左傾，忽而右斜，不知道哪部電影上說的：青春就是速度，講得眞好。

不久就能見到露西，想到她豐滿的胴體、微笑時露出的小虎牙，恨不得把車子開上天，一秒鐘就飛到網咖。夜市的攤販早已收工，晨運的人們還沒甦醒，路上靜悄悄地，只有音樂聲砰砰地敲擊著，此刻的世界是他們的。接了露西之後，沿著熟悉的一〇一公路，可以一路飆到海邊，在車上盡情地吼叫，輪流大聲說笑，她愛學龍仔將「知道」講成「豬道」、會取笑麗莎T恤上的「dog」印成「pog」、會講夜間在山區遇鬼的故事。倦得說不出話時，就到超商買幾瓶啤酒、帶一些關東煮，把車子開進摩鐵，先喝它個昏天黑地，再愛它個要死要活。雖然口袋裡只有兩千塊，但don't worry，還有老爸的信用卡、媽媽的信用卡，天下到處去得。

理著平頭的東尼，看來有些稚氣，和兄弟們混的是海線，做的是快樂的買賣，他們提供一種白色的藥丸，讓客人可以暫時忘卻煩惱；他們整天作樂，也希望別人快樂。不過藥丸不一定對每個人有效，有些是因爲被壞人欺負，有了冤情、受了委屈，才不痛快，只有幫助他們對付壞人，平反冤屈，才會眞正地快樂。幫助好人解決困難，是生活的樂趣，也是人生的功德，這些工作包括：寄冥紙給壞人（但包裝要漂亮）、半夜打電話問候（態度要親切）、在牆上寫字提到他媽媽（字體要醒目），惡性重大的帶到山上搥背、按摩、整骨，或拉到郊外抽血、減壓——先把眼睛蒙上，再把針筒扎進手臂抽血，眼罩解開後，讓壞人看看盛在玻璃杯裡的血，他們通常都會誠心認錯。血是紅墨水或水彩調出來的，東尼主要的工作是調製這些玩意兒，或幫哥哥們買便當，自從入幫後，他的至親多到數不清，依照幫規，年長一輪的是「爸爸」，其他人按照長幼，兄弟姊妹相稱，吃喝玩樂一起，幹活拚命也一塊兒。東尼的工作雖然單純，但是相當重要。有一次，黑暗中拿錯彩筆，硬把紅色調成紫色，壞人一看，嚇暈過去，怎麼搖都不醒，整晚的活算是白幹，還好東尼很少犯類似的錯誤，這也是老大器重他的原因，但眞正討老大歡心的是另一件事。

老大四十大壽那天，各路英雄好漢都來祝賀，黑頭車將飯店前的馬路堵得水洩不通，從麗村路塞到義明南路。大廳正中擺著豪華的十層蛋糕，老大意氣風發，正準備向蛋糕開刀，東尼靦腆地奉上一瓶洋酒，老大頓時兩眼發光，知道是陳了二十年的紅酒 Chateau de Beaucastel，市價至少十幾萬，接過酒，拍拍東尼的肩膀說：「好兄弟，夠義氣。」從此對他刮目相看。

沒有人知道他的錢從哪裡來，更不會有人問。幫規的第一條是：金錢莫論來處，但必須與兄弟分享。戴著眼鏡、有個鷹勾鼻的老大常說：「社會上就是太計較錢的來源，弄得大家都不開心，其實錢應該像水一樣流來流去，這才對，你看淡水河、濁水溪不是整天都在流嗎？有流動，才是活水，魚啊、蝦啊才能活下來。錢也一樣，不流動就是死水，大家都活不下去。錢多的，擔心被查稅，擔心子女爭產，害怕碰到小偷，就有了煩惱；沒有錢的，日夜爲生活奔波，就生了怨氣，如果錢能流動來流動去，多的流到少的地方去，大家的煩惱不是少了嗎？怨氣也會消失，不是更快樂嗎？」老大說這些話時，不時揮舞左手，加重語氣，腕上的琉璃珠閃著黃色的光芒，停了一停，他繼續說：

「讓金錢快速流動是技術，也是一種藝術，這需要智慧，所以我們的幫叫『i Bung』，就是智慧幫派的意思，現在無論是手機、電腦、冰箱、汽車都要有智慧，幫派當然更要有……」這是老大接受記者專訪時說的話。那天東尼印象特別深刻，因爲拿著麥克風的女主播身上灑著濃烈的香水，一時間他以爲是店裡的小姐，播出的時候，兄弟們都聚在大廳看電視，螢幕上還打了一行標題：i幫的金流心法。

老大侃侃而談的宏論，其實東尼早就身體力行，只是從不知道這竟然是一種助人快樂的方法。給老大慶生的昂貴壽酒，其實是東尼父親用剛收回來的貨款買的，它在半夜兩點鐘，流進東尼的口袋。儘管家人一再發現，半夜總有鈔票不翼而飛，但通常只是發頓脾氣，痛罵他一頓，也就算了。有一次，父親氣不過，拿起電話要報警，東尼的阿媽馬上搥胸頓足：「抓我好了，抓我去關吧，我也不想活了！」東尼則跪在地上求饒，祖孫倆哭成一團，父親氣得發抖，只好不了了之。

東尼的生活初走樣時，只是製造些藉口在外遊蕩深夜才回家，回來一挨罵，他就嗆聲回應。後來，索性夜不歸營，家人反而擔心，只好到他的臉書留言，千言萬語、威迫利誘，只要回家便既往不咎。果然阿媽一見乖孫回來，心頭的大石立刻放下，連忙端詳他是否瘦了、黑了，再剁一隻雞腿，端一碗蓮子湯，看著他吃，一邊叮嚀吃飽後，好好睡一覺，明天起要乖一點。東尼享用完後，照例跟阿媽擊掌盟誓：「Don't worry, be happy。」逗得老人家咯咯地笑，原諒了一切。

東尼happy的結果，父親的貨款、阿媽的買菜錢看病錢、媽媽的薪水袋，常常自動縮水或消失。他回家的次數愈來愈少，臉上的稚氣漸漸變成殺氣；他摔東西、踹門、飆三字經，像狂風一樣暴戾，像猛獸一樣吼叫，最後總能弄到幾張鈔票。家人開始畏懼他，只要他一回家，大家就噤若寒蟬，隨時準備迎接暴風雨，但餐桌上照例還是有雞腿、蓮子湯，有時醫院打來電話，家人馬上驅車接回全身纏著繃帶的他。

看到東尼全身裹著繃帶，只露出一張臉孔，阿媽便想起他父親小時候的模樣，父子倆都有一對小眼睛、一個大鼻子。東尼還沒出生時，兒子每周日都帶她出遊，不是到賣場採購，就是到寺廟燒香，媳婦則在家裡清廚房、洗抽油煙機、刷地板、燙衣服。婦人起先憤慨，久了發覺自己根本是多餘的，從此臉上少有笑容，婚後的第五個母親節，一個大雨滂沱的下午，終於一個人拖著皮箱，喀拉喀拉地下了樓，鑽進她兄弟開來的車子，從此沒再回來。

東尼的父親不久有了第二春，阿媽從此對他更加憐惜，到底是個沒親娘疼的孩子，新媳婦看來善良，誰知她人前人後是否一個樣？東尼的父親是虔誠的佛教徒，篤信因果循環，在佛門兄弟間，努力維持父慈子孝的形象，相信只有菩薩才能拯救兒子，一切都是共業所致，只能默默承擔。不過，對於被兒子撞傷的人、碰傷的車子、不幸流進東尼口袋的錢，他可不敢如此想，還是盡著老實人的本分，規規矩矩地賠償了事。

也許是麻煩惹多了，東尼最近有些異常，大部分時間待在家裡，手機一響，就趕緊縮回房裡接聽，平時不太說話，變得沉默寡言，家人都竊喜可能菩薩顯靈，浪子回頭，阿媽的念珠撥得更快、佛號唸得更勤了。

沒有人知道，東尼其實是在執行一項重要任務，一旦這個任務完成，可能被晉升爲「東尼大」。這個殊榮，幫中只有老大和忠大、勇大享有，不但可以參與重大決策，金流任務成功的時候，忠大、勇大都可以獨得兩份。東尼的任務是什麼呢？就是「請」阿媽到山上的別墅渡個假，總預算一千萬，這筆款項由東尼家人支付。

「什麼？要綁架我阿媽？不行，絕對不行！」東尼一聽就彈了起來，「我阿媽沒那麼多錢，我老爸也沒有。」

「東尼，你誤會了，那不是綁架，你既然入了幫，大家都是一家人，你阿媽就是我們的阿媽，怎麼會綁架她？只不過請她到山上住幾天，我們會準備精緻的齋菜，不會讓她受委屈。」

「別擔心你阿媽沒錢，我們知道你爸爸也沒錢，可是你有兩個叔叔、三個姑姑，除了三姑拿不出錢外，其他四個人都有辦法，他們都因爲錢太多而煩惱，而且也非常孝順，一定願意拿錢出來，你爸爸不用出一毛錢。」

「東尼，你要記住，任何地方都有一個老大，在幫裡，我是老大。在你們家，你阿媽是老大，老大難得出門渡假，大家都會分攤費用，每個人只不過出兩百五十萬，他們付得起，何況你還可以分到三百萬……。」

「我不敢我不敢，我阿媽和姑姑她們都對我很好，我下不了手……。」

「傻孩子，你以爲是綁架啊？腦筋就是轉不過來，其實這是『金流ｉ法則』的技術，它能促進社會和諧，也可以幫助我們發展，只是讓金錢稍稍流動一下，讓你的叔叔姑姑們不必爲錢太過操心，我們也可以得到一點點好處……你在家裡不是一直都用這個方法周轉嗎？你在幫裡，不也一直在享受別人運用金流的成果嗎？當然啦，我們有時候也分享到你的成果，你忘了錢本來就該流動來，流動去嗎？」

就這樣，東尼開始策劃相關細節，大部分時間躺在床上胡思亂想，偶爾也出去勘查地形，他不能讓阿媽住得太簡陋，就選購了一張好的摺疊床，老大交待過：不能太寒酸，不能委屈阿媽，還買了一條新的被子，是阿媽喜歡的藍色小碎花。最後，老大還教他寫一封信，內容是：「陳先生：阿媽在一個很安全的地方，準備一千萬，等我們通知，如敢報警，後果自負。」信的內容雖短，但得戴上手套、用左手寫，又不能太潦草，就有些難度。東尼關上房門，練習了幾次，終於寫出一封還算滿意的，正在燈下端詳，樓下的電鈴突然響了，急忙把紙條塞進口袋，下樓拉開鐵門，一名三十出頭的警察出現在門口，面無表情地說：「陳東尼住這裡嗎？」

「有什麼事？」

「我是白水派出所的警員，要請他跟我回所裡，協助調查一件恐嚇取財案……。」

東尼當場愣住，腦子一片空白，盯著警車上不停旋轉閃爍的紅燈，一句話也說不出來。（二〇一四）

大師走了

雖然經歷幾次死亡的傳聞，其中有兩次說他被暗殺，有四次說他病逝，全都繪聲繪影，最後證實都是謠言。但這次在電視上播出的新聞，情況有些不同，消息是由他美麗的夫人，身著墨色長衫，罩著黑色面紗親自在電視上宣布的，身旁還站著爲他診治的國立醫院院長，神情哀戚、眼眶泛紅。

大師往生的消息發布後，大家並沒有預期的悲慟，反而暗裡鬆了一口氣。這樣說並非人們冷血地期盼他早日上路，而是這個國家籠罩在他死亡的陰影裡，已經太久了，媒體揣測他安危的分析報導，也太多了，種種壓力已經瀕臨人們忍受的極限，所以他的死訊反而化解了大家的憂心，不再懸空飄盪，但隨即意識到這個偉大的思想家、哲學家的逝世，對國家將是多麼重大的損失，就又陷入悵然若失的遺憾裡，心情低落下來。

事實上，之前的幾次傳聞被澄清後，兩位文化部的高級官員、一位衛生部門的次長，都因爲疏於查證引咎辭職；六家報紙、十二家雜誌社、十五家電視台也因爲散布謠言被大師控告，數十件相關的民刑事訴訟，在地檢署與地方法院、地方法院與高等法院、高等法院與最高法院之間，來回折騰好多年。每次出庭，當工友將摞成山的資料推出來堆放在法官身邊時，旁聽的民衆無不驚叫連連。這些資料的某些觀點或論證，常引起人熱烈的討論，推敲其間的細節，媒體也在顯著的版面、重要的時段詳細報導。可是時日一久，也和其他新聞的命運一樣，逐漸萎縮，像泥沙漸漸被水溶解，慢慢從大家的記憶裡消失，如今它又像滿月的潮水漲上來了。

第一次謠傳他死亡是七年前，據說是泌尿系統的毛病：攝護腺和膀胱功能失調，每晚爲頻尿所苦，一天晚上，因爲用力過猛，竟昏厥在馬桶上。第二次是四年前，在大啖魚翅後，引發猛爆性肝炎，住院二十多天，面黃肌瘦地走了。最近一次是去年，因爲複雜的版權糾紛，起因是大師在國家正義黨的推舉下，出任共和國參議員，這個榮耀對於作品是一種加持，適用合約中影響力加乘的條款，版稅自動提高10％，哪知卻被出版社剛上任的經理引用報酬率遞減的條文，予以回絕，理由是參議員的形象對人格是一種傷害，對作家是一種侮辱。大師受到嚴重的羞辱，急怒攻心的結果引起血栓，據說由於死相不雅，家屬爲了維護形象，遲遲不敢公布訊息。

林林總總的流言尚不包括一次爲了植牙，失蹤了好一陣子。正當人們忐忑不安、議論紛紛的時刻，他卻神采奕奕地出現在螢幕上，晶瑩的瓷牙在鎂光燈的照射下，閃閃發亮，人們這才恍然大悟。儘管謠言如此猖狂，大師始終維持淡定，沒有改變生活習慣，總與人們保持一種若卽若離的距離。

精研賀佛爾理論的大師，對於群衆心理有深刻的了解，知道不能遠離群衆，否則會被遺忘，但也不宜過分親近，不然就喪失神祕感，失去權威性。他年輕時，筆耕不輟，著作豐富，也主持重要的節目，像太陽到處散發著光芒。上了年紀後，體力有些不支，才逐漸從螢幕上退隱，但每當大家對他的印象開始模糊，就有某些有趣的新聞突然出現，而這些又和他著作的部分章節有些關聯：譬如某幅唐伯虎的畫作，到底是右手畫的，還是左手摹的？是月圓夜的傑作，還是霧滿天的隨筆？例如巴頓將軍到底抽雪茄，還是紙菸？是過幾口癮卽按熄，還是盡興吞雲吐霧後，才將殘蒂丟棄？偉大的領袖橫渡金沙江時，到底用竹排，還是皮筏？竹材是哪裡出產，羊皮是藏羊還是蒙羊？在紛紛擾擾的報導中，他總在適當的時候挺身而出，引經據典直指問題核心，並且在他的著作中找到佐證。有人抨擊它是刻意的安排，但大師總能旁徵博引地駁斥，因而此種中傷從不曾減損他的光芒。

做爲一個偉大的思想家，大師對於人文科學無所不知。他博覽群書，經常從先哲著作的字裡行間，悟出深奧的道理。雖然生長在海島的共和國，先祖卻來自文化悠久的歷史大國，這使大師在觀察事物時，有一種與生俱來的宏觀傾向，在剖析事理時，有一種高瞻遠矚的敏銳。不知有意還是巧合，大師和歷史大國的偉大領袖都罹患同樣的隱疾，兩位偉人晨起出恭時，總是遇到困難，領袖在革命內戰時期，只要順利出恭，群衆就雀躍歡呼，奔相走告。

大師在處理這個問題上，卻更富哲理，把它引導到形而上的境界。他說：「出恭的困難，在於吸收太多深奧的知識，一時難以消化。思想家和常人不同，普通人每天只接受有限的、膚淺的知識，消化當然順暢。一個閱讀《查拉圖斯特拉如是說》的人，當然要比閱讀《四十歲以前必須做的三件事》的人，在消化上需要更多時間，所以出恭困難是偉大的象徵。」

大師的創見造成很多人的自卑，人們重新省視腸胃的機能，發現原來排泄順暢是平庸無能的象徵，由於憂慮自己的平凡，有些人出恭遭遇到困難，竟沾沾自喜以爲具備偉人的特質，和大師達到同樣的境界，卻不知它是一種假性的便祕。對於社會大衆的困擾，大師深感不安，特別針對此問題，撰寫一篇論文〈論消化與文化的因果關聯：其本質、現象與突變〉，發表在國際知名的醫學雜誌《Pathology Quarterly》上，最後又補充一些相關的文章，集結成一本科普書籍《消化：你不能不知道的事》，總共銷了一百萬冊。

不過，這些都已成爲歷史，大師此刻躺在上好楠木製成的棺木裡，褥墊是金黃色亮閃閃的高級綢布，上頭罩著一片透明玻璃。他雙手交叉在腹前，躺在國家紀念館的大廳，這是對國家有卓越貢獻者的殊榮。前來瞻仰的民衆，從大廳的棺木旁邊排起，一直延伸到街上，蜿蜒四、五公里。棺木內的他，一如往昔，穿著黑白分明的衣褲，外面是純白的夾克，內裡是一件圓領的黑襯衫，配著一條黑色褲子，仍然理著平頭，雙頰有點浮腫，鼻梁上架著招牌墨鏡，據說大師生前爲乾眼症所苦，早就囑咐歸天時，一定要戴上墨鏡。

粉絲們忍著酷暑，耐心排隊等候進入大廳，瞻仰遺容，大家都神情哀傷、眼眶含著淚水，不由自己地想到大師黑白分明的一生，還有他著名的理論「黑白辯證法」。他常說：「爲人處事要黑白分明，黑就是黑，白就是白，不容混淆。不過判定黑白需要智慧，有些黑的，其實是白的，有些白的，其實是黑的。」儘管大師一再闡釋，許多人還是無法理解黑白的分別，但最後都接受大師的指引，把它交給智者判斷。大師經常開示大衆，不認識黑白沒關係，要緊的是承認自己的無知，無知就是有知，孔子不就說：知之爲知之，不知爲不知，是知也。

大師常說：即使像他這麼好學不倦的人，有時候也會混淆了黑白，何況一般大衆？它的界定像佛理一樣，必須終生鑽研，有時黑到極致，就變成白的，有時白到最高點，就變成黑的，並非一成不變。年輕時由於批判政府，大師曾坐過幾年牢，這種正義的黑牢賦予他道德的高度，讓他不管面對各種抨擊，即使處於劣勢，只要適時提起這些經歷，就使對方氣餒，從而反敗爲勝。

中年以後，他每天爲報刊撰寫專欄，夜裡則出現螢幕上，爲電視台主持節目。偶爾，還爲人們提供法律諮詢，最有名的例子是爲首富的私生子追索遺產的訴訟案，案子在地院和高院接連敗訴，最後找上大師，終於反敗爲勝，私生子贏得兩百億的遺產，這就是有名的「鷹勾鼻訟案」。由於私生子和首富都有明顯的鷹勾鼻，大師在庭上提出一百五十張兩人正面和側面的照片，還列舉有鷹勾鼻特徵的十四位國際名流，從匿名照片中，旁聽的民衆和法官輕易地從這個特徵中，指認出父子、母子、父女、母女和兄弟姊妹的關係。事實勝於雄辯，私生子獲得遺產，大師也奠定他在法界的權威。

排隊等候進場的人群中，突然傳出竊竊私語的說話聲，有些人正在談論這個案子，雖然事隔多年，大家還是津津樂道，大師美麗的遺孀蒙著黑色面紗，站在角落向排隊的群衆微微頷首，令人想起他遠在國外的子女，這個莊嚴的場合竟然不見蹤影。人們左顧右盼，窸窸窣窣地議論起來。大師一生自詡風流，身邊常有絕色的女子圍繞，他結過四次婚，兩次仳離，一次喪偶，前後四位夫人只帶給他一對兒女，女兒在英國留學就業，兒子則在德國發展，他們都聰明伶俐，而且儀表出衆，大家都還記得金童玉女當年的模樣。

雖然不能回國奔喪，但兒女各自發表一篇文章，追悼敬愛的父親。兩篇祭文文情並茂，讀者無不深受感動，教育部決定將它們列為教材，人們甚至覺得未能親臨哀悼，反能突顯祭文的張力，讚嘆大師的兒女像乃父一樣睿智，不過一些別有用心的雜誌卻說，這對兒女私下寫一封信給繼母，表示：大師在他們居住的國家有不同的評價。多年來，他們不敢承認是大師的後代，擔心引起當地社會的誤解，希望往後也能維持這樣的隱私，這對於他們在當地管理和發展大師的遺產，是一種必要，希望繼母諒解他們的處境，只要發表父親生前擬妥的祭文即可。

眞相到底如何？黑白要怎麼分辨？只有大師知道，可惜他已不能言語，瞻仰遺容的隊伍緩緩移動，哀樂和鼓聲不時響起，這是歷史的一刻，剛做過微整容的歌壇天后、才與建築業大亨簽完分手協議的名模、兩小時前才交保的參議員、有包青天稱譽的知名檢察官、剛從電視台錄完影的政論名家、補習班連鎖集團的老板、寺廟公會的理事長、商業同業公會的主席、律師公會的代表、作家協會理事長都排在隊伍當中，平時伶牙利齒的他們，此刻無不一臉肅然，安靜地站著。大家都來見證歷史的時刻，悄悄迎接沒有大師的時代，今後再沒有人爲社會判定黑白，社會到底會變好，還是變壞？誰也不知道，咚地一聲，鼓又敲了一下，人群向前移了一步。（二〇一五）

異鄉的身影

也是這樣的四月天，也是這樣悶熱的午後，你在西貢街頭攔不到計程車，趕不及楊文明將軍的記者會，只好在家裡聽廣播，爲台北的報社寫稿。噼哩啪啦的雨聲蓋不住咻咻的槍聲和轟隆轟隆的炮響，兩顆炸彈落在獨立宮上，時間是一九七五年四月二十八日。

入夜後，火箭彈、迫擊炮如暴雨急落，隆隆的炮聲徹夜未停。二十九日凌晨，不到六點，你就跳上計程車，在市區逡巡採訪，電台不時播放「早上八點起，全境戒嚴，所有人待在家中，不得外出……」，大家都有預感：越共開始圍城了。中華民國駐越南的大使館，三天前就已撤了，但是何燕生，《中國時報》駐西貢的特派員，為了見證歷史決定留下，為西貢做最後的報導。

坐著計程車完成危城巡禮後，你回到家，洗了冷水澡，拿出一片法國麵包，沾上沙丁魚醬，夾上洋蔥和番茄，倒了半杯白蘭地，享受風雨中的寧靜。儘管外頭槍炮聲不斷，收音機的廣播依稀可聞：聖誕節到了，媽媽都掛念你們，這是催促美僑和外籍記者撤走的暗號，提醒大家趕到指定的地點集結逃亡。你拿著照相機和手提袋，趕到擠滿大小船艦的碼頭，一個箭步，跳上剛離岸的船，正慶幸脫困，突然一輛吉普車開到岸邊，車上插著紅白兩色、中間一顆星的越共旗子。一個少年從車上下來，拿著擴音器喊著：「大家注意，解放軍進城了，已經停戰了，和平了，請大家回去。」是的，南越淪陷了，或者說被光復了，這是一九七五年的西貢碼頭，等你下次可以好整以暇地點上一支三個五的香菸，吸一口白蘭地，已經是一九七九年在萬華的報社了。

一九七五年到一九七九年，我們經歷了中美斷交、美麗島事件、林宅血案等重大事件，在中南半島的你也在生死線上煎熬。逃離西貢兩百多公里後，你在偷渡到泰國的海上被捕，在越共集中營關了一百多天，獲釋後，藏在越南貧民窟，打了四年地鋪，每天像驚弓之鳥，藏頭縮尾。一九七九年，你終於成功逃出越南，在印尼的荒島上岸，做了三個月的魯賓遜，在余紀忠先生的積極援助下，輾轉逃到台灣。

同仁眼中，你是傳奇人物，又乾又黑的身材像武俠小說的異人，其貌不揚但武功高強，加上一口濃濃的廣東腔（有說是廣西腔），更添神祕感，因爲大部分人聽不懂你說的話。你躺在椅子上抽菸冥思時，總是心事重重，像回憶遠方的硝煙、血腥的街頭巷戰、從天而降的飛機、倉皇逃命的人群。在龍山寺周邊和你小酌，走在嘈雜的街道，竟覺得像西貢的棋盤街，你好比化名「三福老先生」的黎筍（注），但你不是，你只是一位優秀的新聞工作者，堅強、好勝、驕傲，一生如此，像孤傲的越南人。

有錢，你請我喝酒，沒銀子，就窩在家裡。八〇年代末，房地產還未飆漲，茅伯（茅及銓）曾勸你置產，好歹有個棲身處所，但你不爲所動，致老來困窘，最後在樹林落腳，朋友相助的好意，你一概拒絕。九二一大地震時，我人在倫敦，回國後，就接到茅媽電話，說尋你不著，我心急如焚，第二天跑去育英街找你，你已搬走，卻碰到你舊居的醉漢，在樓梯間囉嗦半天，誇說怎樣照顧你，更加深我的驚恐，怕你不測，還跑到派出所報案，折騰半天，才碰到賣麵的房東，終於找到你。你從二樓探出頭來，滿臉戒備，許久未見，我已變瘦，你費了好一會神，才認出是我。老友相逢格外興奮，環顧四周，十來坪的新居，棲身是夠，但簡陋得可以，家徒四壁，書不見了，家具很少，我拿出預先準備的信封，你拒絕接受，雖然寂寞、困頓，你還是孤傲如故。

記得你剛回台灣時，被安排住在自由之家，我是報社少數的訪客，雖然大部分時候，我們用筆交談，可是交情無礙，有一陣子，聽說你成家了，朋友們爲你高興，但不久，又說分手了。成家時，我們不知曉，未能祝賀；分手時，我們不便再提。和你相識這麼久，只知道你是廣東人，但到底廣東那裡，我也不知，只聽你提及故鄉已劃歸廣西，你要是早幾年返國，在越南的經歷肯定帶來名利。可惜到了戒嚴末期，這樣的經歷已不值錢，不過話說回來，你也不屑以此謀利，你的故事只引起短暫的注意，四年的流亡比不上現行的劫機犯，同樣是投奔自由，別人是黃金和美女相隨，你只有寂寞相伴。

終於你老了、退休了，孤零零一人住在異鄉的小鎮，樹林的台灣話，也許你聽來，還沒有越南話熟悉。世上孤苦的老人不少，可是像你這樣一直拒絕朋友照顧，寧願獨居，悄悄地走了三、四天才被發現的硬漢，倒也不多。最近幾年，大家見面少，台灣局勢巨變，我很好奇，你這位寄居鄉郊，親歷戰火洗體的老友，對時局有何看法？

那個炮聲、槍聲、吉普車聲、哭叫聲夾雜的西貢，現在是車水馬龍的胡志明市，當年拿著衝鋒槍的越共，現在騎著機車、腳踏車穿梭大街小巷。革命雖然成功，爲了生活，同志仍須努力。你筆下的危城現在是冒險家的樂園、萬商雲集的旺市。四月二十五日，送你遠行那天，報上有一張大照片，是胡志明的雕像，旁邊還有自由女神，那些槍林彈雨的日子竟如此遙遠、誇張，好比你瘦弱的身軀無論出現何處，總散發著寂寥，單薄的身影在異鄉彳亍，總覺得像外人。幾次問你，想不想回大陸，你總習慣乾笑兩聲，神色漠然。

在這個逐漸轉熱的四月底，在這個越南易幟二十五年的時節，你終歸怎麼來，怎麼去，踏上最後的旅程，只不知，魂歸何處，是詰屈聱牙的廣東鄉下？歌舞昇平的胡志明市？荒涼的印尼孤島？正在蓋捷運的萬華？嘈雜的樹林郊野？還是有鐵工廠味道的育英街？瀟灑的你，大概還是乾笑幾聲回應，的確他鄉故鄉，對於四海爲家的人又有什麼區別？（二〇〇〇）

後記：一九七五年美國撤出越南，二〇二一年美軍撤出阿富汗，相隔四十六年，西貢和喀布爾竟有驚人的類似，相信讀者都有這種感覺。筆者重溫往事時，記憶太過眞實，竟覺得像是假的。

注釋

黎筍（1907-1986）本名黎文潤，是越南共產黨、越南民主共和國（北越）和越南社會主義共和國（統一後的越南）的主要締造者和領導人之一，曾任越共總書記，是胡志明後的越南共產黨領袖。

逝水年華青春夢——憶鑄倫兄弟

二〇二〇年七月離去的他，和多數的老友一樣，生命都橫跨兩個世紀。

他在二十世紀度過五十四年，在本世紀生活了二十年，兩歲左右童稚之時，烽火連天之際，從孔聖人的故鄉遷到台北城，在這兒度過七十一個寒暑，和多數人一樣，見證瑠公圳成爲新生南路、公墓旁的軍團基地蓋了一〇一大樓、西門町從沒落到風華再現。可是認識他的人都覺得他的靈魂似乎漂泊在一個遙遠的地方，像從另一個時空走來，或許每個人的靈魂都在現實和理想的間隙徘徊，或許他想像的世界比較浪漫華麗，才讓大家有這種感覺。

印象中，他愛抱著吉他撫弦，低聲吟唱Don't Think Twice，有Bob Dylan的蒼涼味道，只是D清瘦，他壯碩，D的聲音蒼白灑脫，他則透著滄桑。他是天生的羅賓漢，健談雄辯，喜歡批評時局，長篇大論後，習慣停頓片刻，環伺四周，觀察聽眾的反應，是接受？保留？還是反對？那份認眞的架勢，有如黃沙滾滾的西部，槍手對決時的神情。他常在宿舍，穿著紅底黑格子短褲，光著膀子，用山東土話開黃腔，逗得同學大樂，笑成一團，純眞的豪氣令人心折。在他不算長、不算短的生命裡，實在是個討人喜歡的傢伙，聰明、幽默、慷慨、周到，各種迷人的特質，全具備。說來，上天待他不薄，聰明者大都勢利涼薄，難得他精明卻厚道，處處與人爲善，任何人一生中，只要交到一位這樣的朋友，就不能說老天對他不眷顧。

我和他是一九七一年在東亞所認識的。七一年當時，咱們這兒是黨禁報禁髮禁，無所不禁的戒嚴，對岸那頭是坑人打人殺人，人人遭殃的文革。出於知己知彼，了解對手的考慮，當局特准政大成立東亞所，網開一面讓同學接觸共產黨資料。我們朝夕相處三年，得以研讀馬列毛思想，追查國共的恩怨糾葛，想像那由布票糧票編織的世界，才知道除了三民主義，還有機會主義、盲動主義；除了天主教、基督教，還有商品拜物教，像窮人愛充闊佬。我們明明所知有限，卻喜歡現學現賣，用左派術語互相嘲弄，在山上安靜的宿舍，度過人生最寶貴的時光，青春如此昂揚、政局如此沉悶、大陸這樣深奧難懂，每天有說不完的話。

他喜歡自彈自唱。說起來，是有職業水準的搖滾歌手，就如我是有業餘水平的鄉村歌手，兩者都是顛撲不破的眞理，只是信服他的人多些。由於氣味相投，我們很快成爲哥們，經常在宿舍一搭一唱，記得有次到金山露營，夜裡百無聊賴，哥倆相偕到海邊開唱，唱的是：

Ride, I used to jump my horse and ride
I had a six-guns at my side
I was so handsome, women cried
And I got shot but never died

我們天真以爲只要唱著彈著，自有佳人循聲前來，忘了我們既沒配槍，又不handsome，自然不會有女人尖叫，只有海風習習吹拂，還有遠處潮水拍岸的嘩啦。觀衆雖然愈圍愈多，但一眼望去，盡是像我們這樣無聊的漢子，知道今晚白唱了，像漁人收網時，抖動手中的網，就知道有無收穫，只好悻悻離去，兩人躺在床上，嘟噥幾聲，也就睡了。青春時，總以爲海水、陽光、美酒是一種恆常，生命理當華麗澎湃，長了年歲，才知道那是奢求。

唱著唱著，漸成爲毛府的常客，三天兩頭跑去蹭飯。毛媽媽熱情好客，廚藝一流，京醬肉絲更是一絕，年輕時只覺得好吃，許多年後，方知曉那道佳餚無論刀功、火候、顏色、味道都無比講究。她老人家仙去多年，但印象中，是位秀麗的主婦，老在廚房忙進忙出，習慣用貴州腔招呼我，總是喊我「蕭來（小賴）、蕭來」，我也不客氣把毛府當自家，頭次創業的資金，就是腆著臉皮向毛媽周轉來的。

一九七八年，一個冬天的下午，我穿上估衣市場買來的二手海軍大衣，背著近二十公斤的樣品，帶著毛家的祝福，從松山機場出發，踏上征途，前往德國、瑞士和瑞典，從台北、香港、曼谷再到法蘭克福，接著搭火車直奔斯德哥爾摩，回程再訪法蘭克福。搭公車遊街時，對面有位德國佬一直怔怔望著我，似乎有事相告，又難以啟齒，我猜他並無惡意，就上前搭訕，他才小聲說：「你們國家發生大事了。」原來我飄洋過海爲生計打拚之際，總統被美國大使半夜叫醒，通知要和我們斷交，國家進入緊急狀態，立委與國代選舉暫停，講好的兩部德國機器，二十四萬美金的訂單飛了，人生走上另一個轉彎。

結束貿易生意，帶著少許結餘回到台北，也是在他的引介下，進入報社工作，發表的每一篇文章，他照例是頭一位讀者，耐心爲我潤筆修飾。那時，他白天在大學教書，晚上在報社上班，日夜操勞。半夜下班後，同事相約小酌，他總是每約必到，杯觥交錯例不推辭，日子誠然風流快活，也種下日後孱弱的禍根，只是年少輕狂時，哪料到後勁如此沉重。

在報社服務不久，尋尋覓覓地，他終於選定人生伴侶，在一個不冷不熱、記不清是春天還是秋天的夜晚，和一位華航美女在陽明山中國飯店的游泳池畔文定。選在山上池邊宴客，有海誓山盟的味道，是標準的毛氏風格，平時豁達隨意，該講究時又心細如髮。那晚夜色迷人，看著情路坎坷的他，偕著千挑萬選的佳人邁向新旅程，心中充滿感慨祝福，錦繡般的花好月圓，甜蜜蜜的賞心樂事，許多年過去，那晚的溫情仍不時在心頭湧起，特別是山上花開時，記憶常常自動倒帶，又回到當時的畫面。

人生的腳步雜沓無章，聚散離合來去匆匆，後來離開報社，和他見面的機會少了，但情誼仍在，彼此時相問好。輾轉得知他退休後，又到大學講授「搖滾樂史」，只不知上課時，有無帶上吉他，又得知他和《中華雜誌》與《海峽評論》的交情深厚，不時到大陸訪問，從陳映眞手裡接掌「統聯」，做了幾年眞正的毛主席。告別式那天，有人報說「統聯」已成爲眞正的政黨，這是我陌生而難以理解的領域，想來他生前也感受到，大家相互尊重，平常不主動觸及，不過它並無礙彼此的情誼。

我知他嚮往切・格瓦拉的浪漫情懷，單騎走天涯，哪裡有不平，就把群衆聚起來、把傳單印出來、把旗子升上來、把革命搞起來，累了乏了，就把馬栓在樹下，喝起酒唱起歌。若干年後，也許這些事跡成爲草原的傳奇，在牧羊人的口中吟唱，也許只是

毛家全家福，右起為毛鑄倫、毛綵楣、魏麗貞、毛康陸（上）；
也許每個人的靈魂都在理想和現實間漂泊，圖為毛府舊宅深巷（下）。

流下血淚汗水肥了野草，讓風在嘆息嗚咽的時候，更加撩人，這一切有誰知曉？有誰在意？這樣的境界是他追求的人生，不只一次感嘆：大丈夫當如是，可惜時代不同，際遇難以複製，他終究在濕熱的海島以教職終老，無緣在草原戈壁馳騁。

七月一日，東亞所同學會是和他最後的相聚，大夥從中午一直聚到下午四點許，分手時，突然飄起雨絲，起初只是細細幾滴，漸漸淅淅瀝瀝變大，天色剎時暗了，大家狼狽四散。他和魏妹子招了一部計程車，匆匆走了，這一去竟是永別。雖知他過去一年，有兩百多天在醫院進出，狀況極差，噩耗傳來，還是十分心痛，幾晚難以成眠，輾轉反側方才昏沉睡去，天光醒來，又覺悵然若失，總要在床上呆半晌，才忍不住啞然失笑，豁達如他定笑我多情，對生老病死、日昇月沉的事如此執著，就起床梳洗更衣，迎接一個沒有他的世界。（二〇二〇）

致我同代的哥們秦正華

最後一次收到你的信是二〇一四年四月十五日。

你在信上說：「手術三個半小時，腫瘤已順利切除，接下來的復原、復健及化療，仍需主照顧保守，目前還插著鼻胃管，一天要灌六到八瓶『安素』，同時努力學習吞嚥口水……」收到信後很擔心，雖說把壞東西清掉是好事，但接下來的復健過程，能否順利仍有變數。不過兩個月後，看到你在臉書上談笑風生，知道已渡過難關，心裡替你高興，沒想到從那以後，再沒你的消息，算起來有一年九個月了。

這期間，無論是電話或電郵都沒回應，隱隱覺得不妥，卻自我安慰情況未必變壞。

每天打開信箱，總希望突然跳出你的訊息，哪怕是轉貼的笑話，可惜這樣的驚喜從未出現。很快地，端午節、中秋節都過了，年夜飯也吃了，一年過去，第二年的節日也像流水一樣，嘩啦啦流過，以往總會互相致意，可是每一個節日發送的短函，始終盼不到回信，我擔心你情況有變，卻對自己說，沒消息就是好消息，既期待又怕受傷害，只是隨著光陰的流轉，緊張牽掛的心慢慢鬆弛，不過偶爾搭南港線，會不期然想起你。

記得每次去南港和你相聚，總是搭乘這條藍線。說來奇怪，捷運各線的車廂大同小異，只有路標顏色不同，或藍、紅或黃、綠，進出口和月台幾乎都一個樣，可是一踏入南港線的月台，看到熟悉的站名，就有一種親切的感覺，也許是我們在這兒共事過，這些站已經和我們的生活連結了。幸運時，偶遇同線通勤的美女，會互相頷首致意；運氣一般的時候，只見到國中生在月台上嬉鬧。也許這樣的緣故，日子久了，對藍線產生了感情。隨後，你在這兒置產，記得SARS來勢正洶的時候，重陽路邊搭起白色帳篷，穿著制服的醫護人員忙進忙出，電視台的轉播車占據各角落，蓄勢待發準備現場連線。靠近基隆河的成片國宅，周圍拉起紅線做病患隔離中心，那時除了這些紅磚色的國宅，只有零星幾棟大樓矗立路邊，空蕩的馬路把這片地分成數個區塊，板模和建築廢料橫七豎八散落雜草間，蜂蝶在白色的野花裡穿梭，到處是昆蟲的聒噪和工程車駛過的轟隆聲，這是一塊才剛開發的處女地。

一天，你突然告訴我：「已搬到公司對面的國宅，文山區居住多年的住宅出售了。」前後三個禮拜，你清理了住屋、安排了仲介、租到了國宅，又在租處不遠的地方，預訂一幢新居。從你辦公室的窗口望去，隔著一條馬路，對面的右側是新租的房子，左邊不遠是正在施工的工地，也是兩年後將完工的新屋。

你帶笑說著，露出淺淺的酒窩，眼神中有幾分自得的神采，你承襲父系血統有上海人的聰敏，也從母親那兒遺傳到雲林人的爽直，雖然從大理街、中興新村到重陽路，一輩子都在媒體工作，卻有文人難得的投資眼光，因爲這樣的特質，你曾銜命處理複雜的行政問題，也曾大刀闊斧理財投資，而且頗有斬獲，我常思忖：倘若你不進入報社電視台，而是投身商場，適逢經濟起飛的年代，或許早成爲某個行業的大亨，可是一輩子學以致用，經歷這幾十年翻天覆地的巨變，在社會的最前線見證這些變化，也是人生難得的際遇。當年你在河川地開發起始，就掌握先機地投資，如今這兒已然高樓成群，有恢宏的豪宅、摩登的店面、獨棟的幽深別墅，儼然是高級社區，你如見到今天的榮景，想必又會露出酒窩，淺淺一笑。

大部分人因緣際會一起，或同學或同事，離開之後鮮有機會重逢，我們是例外。我離開大理街後二十年，又在重陽路與你相遇，當你代表報社來電視台視察時，背已有些佝僂，髮鬢略見霜白，容貌和以前不同，歲月都在你我身上留下痕跡。我們容顏老了，閱歷深了，對人情世故有更寬容的體會，歷練使我們更加投契，很多話只講一半，對方就能猜到下文，常常一個眼神、一抹微笑、一聲嘆息、一陣沉默，就知道是否引起共鳴、有沒有必要轉折、還是畫上句點，免得傷了和氣。更何況，你還像以前一樣坦蕩，一見面就說：「曾經罹癌，不過已經治好了，只要五年內不復發，就能過關。」語氣坦然，彷彿在描述一個癒合的外傷，像說：如果再結疤，就全好了。

不只對我這麼說，對其他同事也這樣，二十年不見，還是那麼磊落坦率，我也為你高興，直到四月十五日收到你的來信，我才知道這病纏得你多苦，你說：「二〇〇

秦正華身影，我們相逢在熱血澎湃的青年。

四年以來，病發了五次……」平均兩年發作一次，重複同樣的折磨，活在這樣的陰影下，就像西西說的：「身體裡面長了一個魔鬼，它潛伏在某個角落，掠奪你的營養、攻擊你的細胞，它每天長大一點，你每天衰弱一點，必須同它鬥爭到底，否則它愈長愈大，最後把你擊垮……」面對這樣的威脅需要多大的勇氣？雖然病魔最終沒放過你，但你無疑是個強者。

重逢後，我們又共事兩年，退休後，還是經常相約聚會，天氣好的時候，像如今這樣溫暖的春天，我常搭南港線來看你，有時到日本料理店享用定食，或到附近的小館啖羊肉爐，一種上桌就能入口，不是在鍋中熬煮數十分鐘才能下箸的羊肉，這是你鍾愛的美食。從富貴角到鵝鑾鼻、從南港到新店的羊肉小館，你心裡有一本明白的帳。吃完羊肉火鍋後，我們就在重陽路邊的公園小憩，無所不談。我們在熱血澎湃的青年時共事，在波濤洶湧的中年時失聯，重逢時已經世故滄桑，經歷過戒嚴時的肅殺荒謬，解嚴初期的失序凌亂，政黨輪替後的社會躁動，從台灣最好的時代，頂著陽光和機會一路走來，來到產業蕭條、社會苦悶、經濟停滯的怨世代。工作的關係，對於政商高層我們有過近距離的接觸，對於社會現象也會用心探索。

我記得年輕的時候，曾想在人生的舞台上扮演主角，哪知道在台下待命的時候多，登台亮相的機會少，視髮蒼茫時，才驚覺光陰等閒過了，就像在電視台的化妝間枯坐的小角色，等了七、八個小時，吃了兩個便當，最後只在鏡頭上露臉幾秒，畫面是否留下來，還要看製作人是否慈悲。說到底，舞台是上帝搭的，劇本是老人家寫的，花了一輩子的時間才看懂、品出味道、印證到眞實的人生。主角身上的戲大部分是假的，配角的戲才是眞的，主角經常逢凶化吉、柳暗花明，故事總是跌宕起伏，峰迴路轉。配角的故事就單純多了，像眞實的世界，沒那麼多轉折，山窮水盡也就無路，禍事通常直接就發生了，碰上車禍非死卽傷，被主角砍了一刀就倒地不起，二十年後，是否好漢，無人知曉，可眼前，氣就斷了，戲就沒了，命運不都如此安排？

你靜靜聽著並不搭腔，重陽路上人車匆匆走過，彷彿載著過往的故事奔流而去，只揚起一陣灰塵、發出某些噪音、留下一點氣味，像爲我們的青春補上注腳，有時我話多，有時你健談，有時相對無言，聽任陽光在身上舒服地烤著。乍暖還寒時候，春陽特別短暫，天也陰得快，風拂在臉上漸漸有了寒意，就起身告別，互道珍重，看著你往電視台的方向離去，我慢慢轉往昆陽站。得知你已然永別，路邊分手的情景又到眼前，當時陽光多麼燦爛，如今陰陽相隔，回憶如此溫暖，現實如此殘酷，生命這般短暫，我還能說什麼？（二〇一六）

繁花似錦憶阿元

儘管遺灰已經決定撒在山間草野，追思會可在一殯最大的廳堂舉行，家人了解你的個性，知道有些事情可以隨意，有些還得講究。豪邁熱情的你想必希望親友來道別時，有個寬敞的場所。這可不，偌大的景行廳，除了鮮花築成的花牆，又布置了四百多個座位，中間和兩旁都騰出寬廣的通道，左右側各有一個電子輓聯，像橫匾一樣懸空掛著，政要名流致意的悼文不時翻頁變換，仿宋的電腦字體，秀氣中有工整的味道，正如你溫文儒雅的遺照。

前來追思道別的，有多位海內外知名的音樂家，都曾在台北市交或台灣省交擔任要角。省交首席小提琴手林文也也來到現場，演奏當年讓你靈魂顫動決定終身從樂的曲子；作曲家賴德和播放你創作的樂曲，細訴你當年的心路歷程；低音管名家徐家駒帶來巴松，當〈懷念曲〉的旋律在廳中悠悠揚起時，哀樂仿若伴隨送葬的隊伍，迤邐向墳場行進。這是離別的進行曲，陰陽兩隔的序曲，生離死別的無奈，千鈞萬擔壓在大家心頭，在這令人窒息的哀慟裡，我不由自主地憶起山仔頂的學校，還有它午後的陽光……。

陽光從窗外斜射進來，映得半間教室亮晃晃的，靠窗那頭更是刺眼，這是降旗前的休息時間，大部分同學都到戶外活動，只有少數留在教室，安靜地看書、聊天或下棋，打發降旗前的空檔，等待鐘聲一響，就可以回家休息。

教室最裡邊靠窗的一排，座位大半是空的，只有一位瘦瘦的、皮膚白皙的同學倚著牆，斜盯著黑板發呆，這是你沉思時的標準姿勢，可以側著身，望向某處，不出一聲，盯上半天。周遭的人也習慣了，校風夙以自由著稱，無論好動喜靜都能隨意自在。

山頂的學校面積遼闊，據說原先占地足有二十七甲，校舍宏偉，校園林木蓊鬱，很有高級學府的味道。可惜大動盪的時代，升旗台上的國旗換過後，校園也跟著調整，像很多單位一樣，部分土地被軍方借用。隨後，一條馬路將校園劈成兩半，右邊十七甲歸軍方，左邊十甲地仍屬學校，從此，軍團門口「威武」「雄壯」的標語就對著學校側門，十甲地的校園像梯田一樣，分成三層。學生上學、老師上課要先爬上一層四十五度的斜坡，才進得校門，一進門，大片平地入到眼前，操場、籃球場、網球場、游泳池、學生宿舍次第鋪陳開來。走約兩百米後，要再上層斜坡，又見一片平地，是教室、辦公室、禮堂、實驗室、福利社和停車場的所在。最後一層斜坡則通到山頂，幾棟日式平房錯落其間，這是教職員宿舍，白天特別安靜，因爲人們都下山工作，夜裡就有些嘈雜，不時傳出嘩啦的雀戰聲，這是師長們放鬆自娛的時刻。

由於校園高低起伏，每天爬上跑下，同學們養成充沛的體力，喜歡在降旗典禮以前，到操場打場球出身汗，像你這樣安靜喜愛沉思的，畢竟少數，這是高一那一年，你給我的第一印象。當時初中學生戴的是布做的船形帽，高中生則戴大盤帽，後者被認爲是成熟的象徵，好比男子加冠，不再是小孩。同學們喜歡把帽子折成前突後翹，中間凹陷的波浪形，有心模仿麥帥側面照的模樣，你卻不講究這些，老把盤帽整得歪七扭八，像一道鬆垮的線圈，外頭用卡其布裹上，戴起來像濟公，只差手裡沒有一把蒲扇。這樣說，並不表示你不愛漂亮，相反地，那一年美術課的第一份作業，描繪校園景致的水彩，你的作品被老師當眾表揚，說是：構圖豪放、用色大膽，還有許多褒獎的話，如今已經記不清楚。我一向拙於畫畫勞作，對有美術天分的同學向來欽羨，也許是這樣，和你攀談起來，發覺文靜、寡言的你其實熱情豪爽，慢慢成爲好友。

一天，你突然告訴我：想休學考藝專，我說：「美術科嗎？」你說：「不，是音樂科，拉小提琴。」我嚇一跳，問：「什麼時候學的？」你說：「才學不久。」原來那年春節，你領了一筆壓歲錢，和家人小賭又贏了幾把，就買了琴，拜師學起來，從此迷上音樂，一分鐘也不想待在教室，想休學一年把琴練好。談到對音樂的嚮往，你的眼睛發亮，語氣堅定，大有氣吞萬里如虎的架勢，似乎心裡有團火在燒，岩漿在地底滾動沸騰。

幾天後，你休了學，夕陽照著你的座位，空蕩蕩的，只有晴絲在陽光中晃蕩著。幾年後，才聽說你以小提琴組第一名被錄取，而且琴齡最淺，別人童年啓蒙，你青少年才學藝，這是你人生的第一個轉折。從此你勇往前進，大開大闔，好似搭上特殊的生命列車，經常來個急轉彎，或者突然煞車，但不管前路如何曲折，旅途怎樣顚簸，最後總是抵達一個有麵包、牛奶還有蜜糖的地方。

高中畢業後，我們在台北重逢，一在木柵讀書，一在板橋就學，但時不時會跑到對方的學校相聚。記得大三那年，你突然來找我，託我在木柵附近租屋，因爲你擔心練琴吵到鄰居，還說要休學一年，想專心學習作曲。追思會上，賴德和提及這段往事，當年情景又浮上心頭，你後來發覺這是嘔心瀝血的工作，覺得人生苦短，不想如此艱難，於是重新拿起琴弦，師從李泰祥。你曾是北市交最年輕的小提琴手，當年擔憂你從事音樂難以溫飽的同學在傳統行業中獲得的報酬，比起你白天教琴、晚上演奏的酬勞寒酸得多，你很早就有優渥的收入，過著富足的生活。想起來，你一輩子是從少爺、大爺過渡到老爺的，臨別的身影也比別人華麗，一流的音樂家前來相送，在管弦樂聲中，優雅瀟灑地上路。

你的同學李泰康說：有一年，你突然發奮學習英文，說想從事貿易。你很快學會商業書信的技巧，重慶南路買了幾本書後，又弄懂出口的訣竅，就和朋友合夥，創辦海鷗貿易公司（Seagull），專做禮品外銷，第一筆訂單據說是兩萬美金。在貿易萬歲的年代，這樣的故事並不罕見，但無師自通，沒有歷練就下海的，還眞沒幾個。你後來出國留學，把公司讓給弟弟，雄才大略的他不斷擴展，成爲聞名國際的「法蘭瓷」（Franz）。

追思會上，大家談起你在美國成立工作室，教人習琴，我知道你是因爲手受傷，無法繼續演奏，才從事教學工作。儘管工作室順風順水，後來你還是離開美國，跑到東莞創業，開辦藝品工廠，有了新的事業，建立新的家庭。你每次回來總是熱情邀約，對朋友慷慨眞心，每年固定捐款行善，日子一直美好地運轉，直到去年十月，罹患肺癌，而且已經末期，今年三月我知道這個消息，從此陷入一種不知何時會失去你的恐懼裡。五月二十三日晚上，到台大醫院看你，你已虛弱得只能擺擺手，嘴角動一

陳立元率領學生在卡內基音樂廳演奏（上）；
阿元曾是台北市交最年輕的小提琴手（下）。

下，無法講話也不能微笑，兩天後你走了，我們眼睜睜看著開朗的你，逐漸喪失元氣，像枝葉茂盛的樹木，先是葉子一片片掉落、枝椏一支支枯萎，樹幹漸漸被蛀蝕，最後頹然倒下。

你一輩子灑脫自在，即使輾轉病榻，仍然大氣灑脫，你曾笑說：「以後若有不如意事，只要想到沒有人比陳立元更倒楣，就會覺得沒什麼大不了……。」最痛苦的時候，你對朋友的勉勵也多過自怨自艾的嗟嘆。

不過，在那段和生命拔河的艱難日子裡，上天也曾恩慈地給予一個愉快的假日，讓你暫時忘掉病痛的煩惱。

四月八日，我們和鴻安上陽明山賞花，那天，清明剛過，有點陰，天上罩著薄薄的雲層，不冷不熱，遊客不多不少，既不擁擠，也不冷清。我們從北投上山，沿途只見雪白、粉紅和桃紅的櫻花像海浪一樣，迎面撲來、白裡透紅的杜鵑漫山遍野，正是繁花似錦的時節。一到後山小瀑布，成片翠綠映眼，溪水潺潺流著，你歡呼脫掉上衣，不時深呼吸，直說：「太棒了，太棒了。」你燦爛地笑著，享受山上的芬多精，我們在瀑布逗留半個鐘頭，隨後享用一頓美好的午餐，下得山來，但見山腳盡是豔晶晶的海芋，就下田採花，當我們捧著青葉白花黃蕊，踏上田埂時，對面的山巔已經起霧，白色的煙嵐裹著翠綠群山，如夢似幻。我胡謅一首詩送你：「清明時節薄雲天，兄弟相偕踏春園，櫻白鵑紅海芋豔，霧漫群峰縹緲間。」

想你的時候，我常輕輕哼頌，倘四下無人，就高聲吟出，唸著唱著，想起滿山姹紫嫣紅，感覺你還在身邊，心頭是暖的，眼眶是熱的。（二〇一七）

古典漢子張叔明

華燈初上的夜晚，恩主公廟附近，車水馬龍人潮熙攘，說是慶祝關公一千八百四十八歲誕辰，善男信女比往常多，個個提著供品金紙，在車陣中穿梭過街，外地香客也聞風前來，車潮人流不斷，令人眼花撩亂，但葬儀社的招牌還是隱約可見。

幾天前，「張叔明先生千古」的訃告，還醒目掛在門口，如今伊人遠行，訃告撤了，只有萬安的招牌還亮著。雖說天下無不散的筵席，人去樓空的惆悵更是早已預料，因而再三探望，靈前一再佇足，可一旦永別，還是不捨。

告別那天，各方朋友趕來送行，門口接待的女同事更是噙淚頻頻拭眼，現場播放你瀟灑一生的形影，司儀不必費心為你美言，出席者都清楚影片中的故事都是眞的，而且只是片斷，還有許多沒被提及的事蹟。每個人的記憶都儲有你的影像，在心中播放，大廳一片哀悽，無論識與不識，彼此交會的眼神都帶著互相撫慰的體恤。追思文集的作者都是文字精練的行家，捨棄華麗的詞藻，平鋪直敍已令人動容，年輕朋友感念你的提攜，平輩友人心儀你的熱情，政界大老感受你的眞誠，無論得意失意，你一樣體貼周到，個個引你為知己。在這個離別的時節，隔外想念那年記者節，醉臥街頭的往事。

當晚，吃完宵夜，送你回報社，看著你上樓，跟著回飯店休息，誰知一覺醒來，發覺竟躺在騎樓，原來酒後一個踉蹌，跌倒後就在原地睡著，拍拍滿身塵土，上樓留書告別，從此相知深了一層，知道都是血性漢子。隨後每到台中，必定相聚，你那豪邁的大哥、瀟灑的二哥也變成大家的兄長。

我辦雜誌時，你多方奔走，幫忙籌資集力，雜誌出刊後，你央請商界朋友刊登廣告，天大的事，你從容搞定，背後費盡再大心思，當面總是輕輕帶過，避免造成

至情至性的叔明永遠令人懷念。

朋友的壓力。後來因爲工作關係，難有機會相聚，歲月也漸催人老，你從青年才俊成爲報社倚重的大老，從衆人口中的「小明」變成「叔老」，大家各忙各的，我也不便輕易相擾，但每次聯絡都能感受彼此的關懷。

印象中，你總爲朋友的事忙不停，俠骨豪情是你的個性，對朋友熱情慷慨像宋公明，對工作專注有如盡職的武士，不眠不休，鞠躬盡瘁。余紀忠先生慧眼識英雄，早覺察你的特質，因而一個二十七歲，才跑了一年多的財經新聞的你，被調升到戒嚴時代的政治新聞中心：省政府，擔任中部特派員，而且破天荒由總編輯帶令親自布達，以免同仁反彈。這些反彈的同仁，最後都變成推心置腹的朋友，對年輕特派員充滿好奇的政要，也個個成爲你的知交。

記得每次去台中找你，中午用餐前，你習慣先去洗頭吹風，梳洗完畢後，照例將臉湊到鏡前，左右端詳，理髮師在後面靜靜候著，我也凝視鏡中的你，那是張年輕、瘦削、略帶蒼白的臉，穿著得體的西裝，帶著不拘的豪氣，正整裝準備出發，像《阿飛正傳》中驚鴻一瞥的梁朝偉，出發到何處，無人知曉，只知道，那是年輕的生命，熱情像火一樣熾烈，行動像風那樣迅速，沒有韁繩的拘束，沒有恐懼的阻礙，我們水裡敢跳，火裡敢闖，我們昂首闊步，我們勇往直前，世界是你的，世界是我的……。離開理髮廳，我們走向街頭，影片停格在那個場景，思緒停留在那個畫面，那美好的回憶，今宵夢裡可會前來。（二〇〇八）

輯三

雪中送別

函館的三個世界

或許推理小說看多了，沒到函館前，對它充滿黑色的幻想。

印象中，離奇的殺人案在這裡發生，不倫戀的終局談判在此進行。男女主角或搭飛機或坐火車，由遠地來到，夜裡命案發生了，接著警方展開調查，當地的刑警來到現場，札幌的幹探趕來問話，最後是東京的密探駕到，北國大城的命案終於和警視廳正在調查的銀座某案件，產生關聯。記憶中，幹探都在風雪交加的深夜，風塵僕僕地到來。

不過，這次搭乘ＪＲ函館本線愉悅抵達的，可是台灣的遊客，時間是秋高氣爽的九月，午後下午兩點。書上說，這是日本最早西化的城市、最早開設西餐廳、最早蓋東正教教堂、最早建築西式城廓，也是夜景最美的都市。這次的任務是求證：旅遊書籍可靠，還是推理小說可信。

出站後，先到觀光案內所報到，拿到的竟是中文資料，進出日本多年，還是第一次拿到中文導覽。原來，不經意地，竟踏上少數將外國遊客放在眼裡的日本城市。拿著中文資料，沒走幾步，就看到一家迴轉壽司店，旁邊則有許多螃蟹專賣店，店裡淡紫色的毛蟹體積是台灣的兩、三倍大，還有俄國來的帝王蟹，細足如臂長，五隻一束，用橡皮筋捆著。壽司店裡，螃蟹、海膽一盤五百日圓，赤貝、小卷刺身一盤一百日圓，這些美食在台灣由於價格昂貴，難得享受，此刻都生鮮亮麗地在眼前流轉，而且價格平實。沾少許醬油，享用美味壽司，耳際飄來五〇年代西洋老歌，看著穿制服、綁頭巾的老板熟練地捏著壽司，感覺像回到「魚河岸之石松」的世界，心中充滿幸福。

用完餐，走到對面海產店，花三千五百日圓買了兩隻毛蟹，順著海鮮店，往車站方向走，路邊特產店都陳列著「白色戀人」，這是本地名產，一種特製的奶油巧克力，最宜冬夜佐茶。提著「白色戀人」回到旅店，不覺已經薄暮，路邊粉紅的波斯菊不時在風中搖曳，像對旅人招手歡迎。

從旅館遠眺，外邊是津輕海峽，海峽盡頭是盛產蘋果的青森，遠處泊著退休的摩周丸，當年往來青森函館間，一次可搭載一千兩百人。如今海底隧道開通，青函間火車可以直達，來往八十年的渡輪走入歷史，摩周丸也在十幾年前退休，成爲海上博物館。投射燈下，一百三十二公尺長、十八公尺寬的巨輪，靜靜停在岸邊，像探出水面的鷹嘴，奶白的船身閃閃發亮，當年雄姿依稀可見，只不知那些在甲板上吆喝的船員、在艙內指揮的船長都到哪了，是到更遠的地方行船？是回家享受退休生活？還是改行轉業卑微地奔波著？這些問題無人能答，只有海風不斷地呼嘯。近處碼頭有幾艘大船，岸邊是馬路連著旅館樓下的公園，不時有海鷗從空中俯衝而下，發出啊、啊、啊的啼聲，有的跳到草地覓食，有些就在海面翱翔，這是日本演歌經常描述的景象。海鷗輪船汽笛，行船人走天涯，有「古道西風瘦馬，斷腸人在天涯」的況味，只是少了那份悲涼，多了幾分壯闊和昂揚，寂寞則是共享。

雪中函館。

不過，賞鷗更好的地點是西波止場，一個由海邊的廢棄碼頭改建的建築，像舊金山的漁人碼頭，面積很大，裡邊陳設雅致，兩、三棟龐大的場館設有餐廳、咖啡廳、藝品店和超市。樓下的餐廳，臨海一面是整片透明玻璃牆，坐在那兒，可以看著海鷗在眼前飛翔，時而急衝直下，啄起小魚，時而斜飛昂起，在空中劃出一道弧線，再停到餐廳的屋簷，或繼續在海面巡弋覓食，有時幾隻從不同方向飛來，在空中交叉，落在海面，再各自飛去，此情此景，大概旅者都會終生難忘。

從西波止場出來，沒走幾步，就看到紀念第一位踏上北海道的日本人的「北海道第一碑」，如今看來可笑。這裡早有人居，是日本人稱爲「蝦夷」的原住民，他們來歷成謎，博物館內陳列他們用魚皮紮的皮筏，像紙糊的，卻是水上工具。他們的衣服厚重，顯然體型壯碩，不過據說，他們身材矮短，但濃眉大眼，像愛斯基摩人，且身上毛髮密布。從影片看來，除了輪廓較深，他們與大和民族沒什麼不同，如今也都被同化，冠著田邊、松下、柳生、井上、常盤的姓氏在各處爲生活奔波著。從放映室的窗子外望，博物館的旗子在風中飄揚，筆直的不銹鋼旗杆，在陽光照耀下，發出白色的反光，一如其他公共設施牢靠穩重。路面的地磚方方整整，草坪和庭樹井然有序，街道那頭，一輛電車從遠處緩緩駛來，一切和影片中蝦夷人茹毛飲血的世界，形成強烈的對比，安德森（Benedict Anderson）果然正確，博物館是權力的象徵，權力者在這裡展現它的效率、教養、權威，弱者則成爲標本被分類、陳列、定義和窺視，有如水族館裡的魚。

博物館門口有電車停靠，電車將函館分爲兩個區域，左邊靠海，右邊臨山。靠海的那頭有賞鷗的西波止場、賣洋物的明治村、海邊步道。右邊是函館山，地勢高低起伏，住家依山建築，門口大多蒔有小花，路上還有咖啡廳、書法社、畫廊、古董店，人文氣息濃厚，想是中產階級的社區，每個坡道都有名稱，日人稱爲坂，有基坂、魚見坂、船見坂、千歲坂……等。山上是著名的東正教教堂：哈利法斯特正教會，還有外國人的墓地，電車正中央行駛的路線，則穿過函館市區，從市公所、驛前舊社區到市中心、五稜廓線，直到終點湯之川。在觀光客看來，這是一條比較眞實的社會動線，因爲海景過於浪漫，山景太過雅致，電車則帶人們走入眞實的生活。

「湯之川」電車抵達火車站時，已經華燈初上。北國秋末，晚風略帶寒意，路上行人寂寥，附近似乎是個沒落的社區，除了站前的特產店和兩家百貨公司略見人氣，其他商店冷冷清清，賣的都是日用雜貨，街道散發出陳舊古老的氣息，店家也都老邁。不時有二十出頭、染了滿頭金髮、穿著拖鞋的小伙子，牽著年輕的金髮女伴，在街上茫然走著，有些還抱著娃娃，是鄉下早婚的少年夫妻。路旁街燈一如其他小城，玻璃罩上繪有樹木花草，在暗夜的天空裡，予人一種繁華落盡的滄桑，這是北海道大城，但附近景象竟像鄉下。街角，幾家像夜總會的酒館，門口霓虹燈不時閃爍，露出破落的風塵味。拐了幾個彎，到一家拉麵店用餐，雖然招牌全是日文，但氣氛和食物像香港窩打老道的小館。

我們沿著電車線走，漸漸離開站前老社區，慢慢接近鬧區，人潮漸漸多起來，行人衣著愈見講究。丸井今井、西武百貨雖無東京熱鬧，也是一片繁榮，路邊的小診所乾淨得像新開張的大飯店，豐田的新車不時在街上穿梭，都是台灣未上市的新貨。望著剛停下的電車，想到盡頭的湯之川，不知像北投？還是箱根？無論如何，有湯，

有川的地方，定有美味的晚餐和溫暖的街燈，下次一定要去探訪，現在且先回旅館，享受那兩隻肥美的螃蟹。（二〇〇一）

北海道的咖哩飯

離開函館的早上，火車開動前，匆匆跑回站旁的旅遊中心，再要一點資料，才安心上車。

經過兩天的瀏覽，函館的景點大致都已造訪，可惜就要走了。這是旅行的無奈，開始熟悉時，旅程總已接近尾聲，只有回憶時，才能想像哪裡該駐足流連，哪裡可走馬看花，舊地重遊的福緣，未必人人都有，人生不也如此。古人說：生命如逆旅，年歲愈長，體驗愈深，這次旅行，在JR火車上無意中看到一篇文章，作者借父親忌日，述及人生遭遇，令人感慨。

作者的父親一九〇四年生於福島縣喜多方的貧苦人家，十六歲那年，就跟長四歲的女人結婚，婚後三年離婚，原因不詳，隨後自己跑到北海道墾荒。離婚的妻子則嫁給當鋪的老板，生了一個小孩，最後又帶著孩子，跑到北海道投奔他父親。

他的父親難得開口，卻整天和母親爲錢吵架，父親怒吼、摔杯子，母親飲泣是常有的事。一歲那年，還拿刀追殺母親，母親邊哭邊逃，姊姊則哭著抱住父親，當時覺得母親非常可憐，後來慢慢懂事，才了解母親仗著年長，又識字，看不起父親，加上個性多疑，父親常被詰得啞口無言。父親從不看報讀書，每天像牛一樣工作，早上四點出門，夜裡八點才回家，零下三十度的寒冬，也不例外。

作者就讀工業職校，暑假結束返校時，父親會步行送他到十二公里外的車站，請他吃一客咖哩飯，自己則推說不餓，靜靜地看他進食。家裡的五個小孩，有幾個是母親自己在田裡生的，有一個是父親接生的，作者感嘆：人生最大的成就不是名譽、地位，而是在那樣惡劣的環境下，居然能夠生存下來，想起年輕時，曾嫌棄父親和家庭，實在幼稚。

小檜山博的散文娓娓道來，有朱自清〈背影〉的味道，但更悲愴、淒涼，特別在天寒地凍的北海道，讀來更令人感慨。闔上雜誌，望著窗外，九月初，原野仍然一片翠綠，風吹過樹梢草原時，綠浪跟著起伏，但過不久，就變成銀色世界。亞熱帶遊客都迷戀北國雪景，但在零下三十度的雪地幹活，是何等滋味，難以想像，不說北海道，就是小檜山博父親的家鄉喜多方，就冷得令人受不了。

四年前帶著家人，在一月寒天造訪喜多方的經歷，至今印象猶新。當時在台灣透過旅遊資訊，預訂一家知名民宿，行李搬進去，才發覺旅館沒有中央空調，零下二十度的寒天，臥室、浴室、洗手間都分開，想像從溫暖的室內，穿過零下二十度的長廊到洗手間，半夜是何滋味，何況室內暖氣開了半個鐘頭，房間還是冷得跟冰庫一樣，不得已只好退房，賠了數千元違約金。失財事小，傷感事大，我們進門時，老板夫婦已經開始張羅晚餐，剖魚洗菜，忙得不亦樂乎，可以想見，在這個冰雪霜月天，日本偏僻的鄉下，有客自遠方來，夫婦倆想必期待已久，到頭來，卻一場空。接到我退房字條時，老板正蹲在地上洗菜，他臉上那份難堪、我心中那份內疚，今日思來，猶覺惻然。

北海道當然更冷，作者父子情深，相互扶持的親情令人感動，在火車微微震動中，兩旁景物不斷向後閃退，思緒也隨著起伏，想像故事的另一面：那個大先生四歲，在明治時代就已讀書識字的女人，是怎麼看待從不看書報，整天像牛一樣工作，卻吃不飽、穿不暖、還經常打她的丈夫，以及七口人的艱苦生活？年輕時，也曾決絕地與先生分手，去追求更美好的生活，但終究向命運低頭，投奔在極地墾荒的前夫，她的人生、她的感受，大概也需要一個受過教育、貼心的女兒幫她梳理。

小檜山家的慘況並非特例，早期到北海道墾荒的人命運都很坎坷，三浦綾子膾炙人口的小說《冰點》，描述那個勒死女兒的凶手，就是從福島被賣去北海道的農奴，也是從早工作到晚，不得溫飽，她的丈夫啟造知道凶手悲慘的遭遇後，竟不忍追究。

即使在今天，北海道人的收入仍然偏低，年收入七百萬日幣以上（相當於兩百萬台幣），據說只有兩成。兩百萬在日本約值一百萬台幣，在台灣也不算有錢，但札幌仍然高樓林立，西武、三越等高級百貨公司人潮洶湧，明治風格的街燈散發出北國首府的氣派，只是繁華背後，尖銳的生活壓力隱約可見。從札幌到函館，兩個最繁榮的都市都有許多「百圓商店」，店內商品大部分單價是一百日圓，從絲襪、壽司、速食麵、起司、文具、雨傘，應有盡有，函館一家百圓商店，甚至設在鬧區的五稜城郭，西武百貨的正對面，店面有數百坪，從高單價的西武出來，再進到這家平價店，雖然它仍維持日本店家一貫的整齊明亮，但商品價格反映的階級差異，讓人渾身不自在。

出得店來，才下午五點鐘，氣溫已經下降，路上行人寥寥，有些商店已經開始打烊，東京看不到的「保證人公司」，專幫客戶張羅保證人的廣告，這裡到處都有，專辦五十萬日圓以下的小額貸款廣告隨處可見，免擔保年息30％。這裡的青壯年大都外流，老人很多，只是時代已變，人們觀念也改了，據說有半數人不願再爲家庭犧牲，不願像小檜山的父親爲家庭奉獻青春。儘管如此，在JR和地鐵店，到處都有招攬小朋友到東京看巨人隊比賽外加遊迪士尼的廣告，兩天一夜，費用是四萬四千日圓，成疊海報堆在角落，負載多少鄉下孩子的夢。到東京如太貴，到札幌也可以。

離開札幌前夕，旅館就有來自女滿別的初中學生，男的全身黑色制服，女的穿白色水手大翻領的衣服，在旅館的長廊嘰嘰喳喳地拍照，稚氣的臉龐洋溢著青春的笑容，他們的家鄉在鄂霍次克海的海邊，離昔日囚禁重刑犯的網走，只有十幾公里路。從家鄉到這兒，坐火車要幾個鐘頭，難怪興奮，何況他們正準備到餐廳享用澳洲名廚供應的自助餐，而非普通的咖哩飯。（二〇〇一）

雪中送別

亞熱帶出發的旅人對雪有著浪漫的想像，總以爲應該是潔白的、明亮的，卻忘了它和雨一樣有各種姿態，像毛毛雨、細雨、陰雨、大雨、驟雨、暴雨，各有不同的景象，又怎能期望雪只帶來愉悅的銀白，渾忘了它也有蒼白、荒涼的時候。

記得有一年，聖誕節前夕造訪瑞典倫達（Lund），當時也是大雪不停，雖然屋頂上皚皚一片，但街景並不明亮，十一點太陽才露臉，何時出現的，沒人知曉，只見它似乎戴著面紗，偷偷地爬上來，朦朦朧朧、欲遮還休地掛在天際，像一個大蛋黃，發出昏黃的光暈，到下午兩點，就消失了。感覺上，它並未升起，也未沉落，只是悄悄地停在那裡，在這個高緯度的城市，晨曦還沒機會明亮，晚霞已然降臨；夕陽還來不及照映，黑夜已經駕到。儘管滿城燈火通明，卻壓不住黃色的天光，一眼望去，黃濛濛一片，街景黯淡淒涼，入耳全是維京人繞口的母音，異鄉作客的寂寥，感覺似乎到了天涯海角，不由想起到作並泡湯的那夜，雖然它離東京很近，但暴雪之際，也像到了世界盡頭。

也許是寒冬來訪，作並不像印象中的溫泉鄉，吉他聲會從長廊悠悠傳出。相反地，一入夜就萬籟俱寂，從落地窗往外望，路上白茫茫一片，行人罕見，間有車輛駛來，黃色光束逐漸逼近，接著車胎輾過雪地，傳來冰碎的呻吟，再慢慢離去，引擎聲漸行漸遠，路面變暗，只剩一片慘白在夜中發光，北風咻咻地飛過掠過，這雪是蒼白的。

車胎輾過雪地，傳來冰碎聲響，行人走過，又會如何？那是親履薄冰的感覺，第一次體驗是在喜多方的街上款踏，探索武田信玄的足跡，才發覺雪地那樣難行。武田公的仙蹤已無處覓尋，鄉間純樸的屋舍倒處處可見，現代的武田桑可是西裝革履，公事包已無家徽，但風林火山仍須牢記，坐騎換了兩百匹馬力的本田，藩主是遠在京城的會社，奧桑在院裡操持家務，稚兒幼女則在回家的路上，嘰嘰喳喳地走著。鈴鈴聲是郵差按著腳踏車車鈴，示意行人閃避，麵湯香味從街角傳來，雪花陣陣飄落，四周靜謐安詳，這雪是溫暖的，雖然沒有新潟飽滿。

新潟的雪有如《春之雪》場景（注），華麗迷人。那晚，也是冷氣團入侵，午後開始暴風雪，津南町積雪三十七公分，湯澤町三十公分，雪花飛舞中，家人和我在驛站周邊道別，背後有幾張淒美的電影海報，是日式愛情倫理劇。她一手拉著小孩，一手撐傘，我則拿著傘，隔著滿天雪花，彎腰鞠躬說：「孩子拜託你了。」家人回道：「小心路滑哦。」一面欠身回禮，一面拉著孩子的手，向我揮別，就這樣我們分手了，一如海報上的畫面。不過，這是溫暖的告別，不像片中的情節，有命運的撥弄、有對眞愛的懞懂與遲疑，好事總是難諧，其時生活順風順水，世界如此美好，悲劇是不會發生的。

家人不過返回旅店歇息，我則銜命到便利店沽酒，雖然大雪紛飛，街上仍然行人如織，巨大的清酒招牌，隨處可見。狸媽酒招格外醒目，胖嘟嘟的她挺著外露的肚腩，背起大酒壺，腰繫一本帳簿，滿臉笑容，蹣跚走來，是外出收帳，順便買酒，還是帶著帳簿，準備賒酒？旅人難以知曉，但寒冬雪夜，狸媽一入眼廉，絲絲暖意自然湧起，

雪有時是蒼白荒涼的（攝影／楊朝諭）。

好比迷航者遠見燈塔。旅館旁的居酒屋，店招就有狸媽，但這會兒不敢靠近，唯恐驚動裡面的店員，從屋內衝出來，哈腰攬客，從二十八度的室溫，跑到零下十度的戶外，這份殷勤可消受不了，何況昨夜佳餚似還留香：味噌蘿蔔牛肉、烤福克魚、紅鮒生魚片、生菜沙拉、烤牛肉串、麒麟啤酒。記得用餐當時，鄰桌有幾位推銷員相聚，艱苦的一天終於結束，是時候吐露辛酸，淺嚐低酌交換戰果，微醺後的咕噥夾著暴笑，杯觥交錯中，有鼓勵、也有咀咒。偶有東京的同窗，因著出差之便，和老友相聚，他鄉故知，舊聞逸事，細語喟嘆，這個純樸的省城，酒客紅撲撲的臉上有鄉下人的憨厚，衣著沒有京友講究，笑聲可比他們開朗。

若要續攤，驛前夜店，信步可到。十幾家酒吧、俱樂部，門口霓虹燈明亮地閃爍，預告燈紅酒綠的放縱，踉蹌的酒客跌撞街頭，粗氣的昭告路人他的靈魂已經解放，卻忘了靈魂早在白天出賣，在鄰近的員工訓練所，大夥兒相聚惕勵士氣，準備在市場大展拳腳，教官的目光冷冽如刀，大家拉起手狂喊必勝、萬歲，如雷聲響在教室裡迴盪。

酒客背後，嬌滴滴的道別聲從自動門的開闔中，隱約傳出，是桃子、春子殷勤送客，脂粉摻著煙塵酒味，是九州佳麗？還是東北的姑娘？因著這樣那樣的原因，流落異鄉的風塵，個中緣由，只有川端知曉。文豪已然仙逝，這離鄉背井的滄桑、生張熟魏的無奈，能向誰傾訴？只宜春暖花開、酒店熄燈的當兒，走到萬代橋下，對著嗚咽流水，向信濃川呢喃，看落花隨波逐流，一路往北飄去。

夜深了，拎著啤酒，返回旅店，附近的街道，人群已散，往佐渡的路標猶在明亮的街燈下矗立，這是西北的離島、浪人的故鄉，單眼獨臂武功高強的丹下左膳、英俊瀟灑的佐佐木小次郎，可是佐渡的同鄉？刀口舔血的快意，笑傲江湖的豪氣，旅遊書上並沒記載，有的只是藍天、白雲、海鮮，還有純樸的討海姑娘。漁暇時節，她們也換上俏麗的衣衫，持扇在榻榻米上，和著簡單的拍子，載歌載舞，杏眼斜睇胡鬧的酒客，魂牽的可是海外的遠人？（二〇〇六）

注釋

電影《春之雪》由妻夫木聰和竹內結子主演，根據三島由紀夫的小說《豐饒之海》改編。

雁塔下的回眸

異鄉人是怎麼認識陌生的城鎮？

像雨果的聖母院一樣，從宏偉的建築開始，一磚一瓦地撬開它的歷史？是坐在車上沿著馬路，探索它的血脈肌理？是漫步街頭，瀏覽陌生的鋪面，驚嘆那奇異逗趣的商品，然後穿過大街，鑽入小巷，瞄到趿著拖鞋的婦人，拎著剛買的醬油從小鋪轉出，你發現從牛皮糖到鎮江醋，這兒標價都比街上友善，只是店家愛搭不理。你看到短凳、蠅拍和掃把，粗魯地躺在人行道上；你聽見嬰兒的哭聲，從擁擠的店面溢出；你聞到辣椒和花椒混合，一種似曾相識、其實並不熟稔的味道，悠悠飄來；你聽到嚓嚓的鼎鑊聲，透過喧囂的市集，鑽入耳際；你終於走進了城市，邂逅了它的子民，從瀏覽風光的旅客，成爲受人矚目的對象，最終，也成爲街景的一部分。

是不是親近每座城市，都循著這樣的模式？是去西安以前，一直探究的問題。

都說這兒城磚是漢朝的，蒼蠅是唐朝的，滷汁是宋朝的，最近連戰國時期的牛骨湯和老酒都出了土。雖然，酒香已隨歲月蒸發，只剩下濁黃的液體，但一壺濁酒也令人神往。到西安，誰不想去探看帝后的陵寢，到陰森森的地宮走一趟，留幾個歷史的腳印，體會令人震懾的現場，端詳被妥善保存的瑰寶。可是這樣卑微的願望，卻難以實現，在西安待了七天，終究一座皇陵也沒去成。

和北京一樣，西安也染上了路瘟，東西向的第一條捷運正在開挖，古都被開腸剖肚截成兩半，到處是工地，寸步難行。從咸陽機場進市區，不到五十公里車程，足足走了兩個鐘頭，車子把路塡滿了，像富盛名的羊肉泡饃，饃吸飽了湯，路全都看不見，車陣像定格的畫面，老半天才前進少許，像快用完的牙膏，要拚命擠擠，才擠出一點點。

好幾次，想從火車站前換公車，到附近的皇陵瞻仰，千辛萬苦截到計程車，一路走走停停，終於到了車站，才發覺還要從這頭走到那頭，到了那頭還要拐個彎，前頭人潮洶湧的地方，才是搭車的地點，可已經筋疲力竭，只好逃到站前的飯店，點一杯咖啡，癱在沙發上，沒出息地喘口氣，捶捶腳。

連續幾天，總是興沖沖地從下榻旅館出發，挺進到站前廣場，便鎩羽而逃。也曾突發奇想，避開擁擠的公路，改走鐵路到秦都咸陽，結果是更大的失望。

那天細雨霏霏，路上到處是水窪，從計程車下來，沒走幾步，鞋底就濕了。站前廣場，黑壓壓的擠滿人，有站著，有坐著，更多人蹲著，三五成群，這裡一堆，那兒一夥，臉龐都是黃黃臘臘、黑黑的，飽經風霜，像風乾的橘子皮，旁邊堆置簡單的行囊。帶著幼兒的少婦，當街就替寶貝們把尿把屎，似乎正等著搭車，可是到蒙古、太原、成都的旅客，早將候車室擠爆，再也塞不進去，大夥兒只好杵在這裡。看樣子，已經等了好一陣子，而這等待，一時半刻不會結束。也許是不習慣這陌生的環境，或者長時的等待讓他們不耐煩，神情都有些疲憊，又帶著些許緊張和戒備，有如守衛的秦俑。這周遭的繁華，於他們是陌生的喧囂，他們人數那麼多，神情那麼像，宛如守在祭壇前的教徒，廣場儼然是他們的禁區，遊客則像闖入的異教徒，刀子一樣鋒利的眼光，從西面八方飛射到我們臉上。

這十三億人民的共和國，實際上由兩國組成，一是農村國，一是都市國，持著不同的證件，享受不同的權利，擔負不同的義務，對世界也有不同的想像。鐵路延綿的遠處，對於都市國的人，可能是山明水秀的旖旎，或者窮鄉僻壤的荒涼，對於農村共和國的子民，卻是柴米油鹽的愴惶，車站是兩國交界的邊關，像羅湖，隔開了社會主義和資本主義。

古都的過去是輝煌的，現在是浮躁的。

除了交通「饃」成一片，夜色也是模模糊糊，除了少數賣場燈火通明，其他地方都像停電的夜晚，幽幽暗暗，店鋪裡也只有微弱的光線傳出，像才開門營業，還沒打理好，又似打烊後，正在收攤。水果店的葡萄、梨子、蘋果、香蕉都暗沉沉的，面黃肌瘦。糕餅店裡的蛋糕、麵包也是昏昏黃黃，無精打采的樣子，有如珠橫鬢亂，滿臉頹喪的婦人。整條街像都在燈火管制，大家只能偷偷點上一盞、兩盞小燈，遮遮掩掩。幾天前，媒體才報導：從內蒙運往北京的煤車，塞在路上，每小時只能前進一公里，司機在零下三十度的野外過夜，數省的領導出面協調，費盡心思，車子才漸漸通了，能源拮据使得夜未深，色已沉，走在街上，心裡老揪成一團。

即使像小塞那樣熱鬧的商場，大白天遠遠望去，也是漆黑一團，一度以爲到了郊外，可它卻是旺盛的商圈，像台北的公館，距離最精華的市區，不過四、五個公交站。

這城市的發展和中國踩著同樣的節拍，都是由西往東，追溯它的歷史，也就要由東往西。保存完好的明城牆，將市中心圍成長方形的區塊，護城河像腰帶，從外圍密密纏住，圈內就是明朝的西安城。它的北邊是唐朝大明宮的遺址，大明宮的西北是一大片樹林和農田，只有稀稀落落的農舍，是漢朝的長安城址。漢長安的西南，是秦朝的阿房宮，阿房宮的西北，連著焚書坑儒的現場——秦都咸陽。所以，從漢長安城、阿房宮到咸陽，剛好是個V字形，阿房宮就在底部尖端。而古都西南十二公里處的灃河，河西岸的城鎮古稱豐京，河東岸卽爲鎬京，分別是周文王、武王建都的地方，

西安大雁塔。

是古都中的古都，當時大約西元前一〇四六年。

三千多年過去了，豐京、鎬京合稱豐鎬，仍然註記在地圖上，從機場轉到高速公路，遠遠就瞧見它的路標，清楚寫著方向和里程。想像中，它和曾經去過的即墨一樣，火牛陣復國的故事，印象猶存，但古戰場只能在記憶裡追尋，大大小小的加工廠從田野冒出來，道路筆直通往青島大城，氣派的大樓處處可見，只有街角不起眼的小巷，一堵堵黑黝黝的斷垣，幾片黃蒼蒼的殘壁，兩三處支離走樣的廢宅，提醒人們過往的痕跡。不過，豐鎬可不像即墨那樣寂寞，文王發明的六十四卦《易經》，原只為坐黑牢時，預卜自己的前程，如今卻是庶民趨吉避凶的寶典，而伐紂戰爭中的英雄豪傑，也紛紛升格成民間的神祇，姜太公、二郎神、哪吒，不都在山巔水涯的廟宇中，享受信徒的膜拜！

在西安路上行走，感覺腳踩的地下，埋著某個朝代的聚落，藏著哪位大將的陵墓，路旁寬闊的草原，司機說是還沒開挖的漢宮，在這兒閒逛，你嚐到咸陽人做的煎餅果子，買了豐鎬人織的圍巾，耳邊傳來：將令一聲震山川，人披衣甲馬上鞍！兩千三百多年歷史的秦腔，火辣辣地鑽進耳膜，你眞會相信，這風正從周朝吹來，沙從漢朝飄來，你貼近了古人、親炙了現場，想目睹京城當年的繁華，博物館是流連的好去處。

歷史上優雅的長安情調，如今都包裝在清澈的玻璃櫃裡，在投射燈的照射下，安靜地展現姿容，鎏金的佛像、精緻的金缽銀碟，分別鑄出三兩、四兩、五兩各種規格，彰顯了主人的身分，區別了大宴和小酌。折射的光影照映華宴的盛況，人影婆娑中，彷彿還聽見杯觥交錯的聲音。

長安城沙盤像座迷你樣品屋，橫躺在博物館的大廳，按著李白、杜甫、房玄齡的人名標示，可以搜尋到他們昔日的居處，看著指示燈閃爍明亮。在歷史的賓果遊戲中，你知道誰住城南，誰居城北，而你和他們正在同一個城市。

不過，燦爛屬於過去，它不像京都，雖然退出了歷史舞台，卻保留了光華，留住了優雅。古都承襲了長安的氣派，明城牆內的市中心，整齊宏偉的建築，雄渾厚重的唐代風格，美得令人屏息震懾，大街上的灰藍屋瓦，朱紅的廊柱，無論駐足何處都忍不住讚嘆，每次回眸都令人神往。這樣精心的設計、完美的施工，和古都一向的霸氣吻合，不過經濟發展中的邊陲，讓它只保留了純樸，優雅在現實磨合中消失了。

在西安用餐，佳餚大多盛放在奇形怪狀的盤子裡，八角形的巨碗、長方形的大盤、菱形的碟子，五花八門堆了一桌，高亢突兀，少了含蓄的婉約。鐘樓和鼓樓廣場前的菊花，偌大的盆栽氣派豪華，可和門匾的「文武盛地」比起來，少了內斂的沉著。開元廣場附近的盆栽，甚至連塑膠袋都沒開封，就直接種植，每株菊花都包覆著黑色的塑膠袋，當你震懾於街頭建築的宏偉時，路上不經意透露的細節，特別令人難受。

不過生活在這兒，自有一股悠閒愜意，雖然路上車潮堵塞，人行道上可是另番景象，道寬幾乎有十幾米，汽車可開上來停放，還能容納餐廳擺放桌椅，讓等候入座的客人，從容聊天、下棋或打牌。供行人橫跨的高架橋，人車都可通行，左邊是行人走的階梯，右邊是將單車、機車推上去的斜坡，四下無人之際，有人直接把機車騎上去，將近四十度的斜坡，咻地轉眼爬上，像電影中的特技，看得人目瞪口呆。

早上起床後，我通常不趕著出門，慣常坐在旅館靠窗的沙發，望著遠方大雁塔，遙想玄奘取經歸來，就在此處譯著，《心經》在這裡問世，心無罣礙，無罣礙故，無有恐怖，遠離顛倒夢想……人生的虛無恐懼，參得那樣通明、剔透，讓驚惶的心靈都有了倚靠。天晴時，常有浮雲悠悠飄過，像雁行千里，有時細雨滴在對面的屋頂上，屋瓦五顏六色，有紅的、灰的，赭的，新蓋的時髦住宅，琉璃瓦上鑲有各種造型的瓦當，細緻婉約，令人彷彿置身畫中。收音機不時播放叩應節目，一種工商服務，王二嬸賣房子，李大叔賣車子，都在這兒撮合成交，我聽到一段精采的對話：

「請問貴姓？」主持人問。

「免貴，姓張。」來賓回答。

多麼爽利得體，既不大剌剌地，自承「貴」姓，又不貶低自己，卑稱「敝」姓，不卑不亢，顯露了數千年的文化浸淫。原來，西安的細膩是要往深處裡看的。（二〇一一）

在半坡的路上

從咸陽機場出來，秋陽燦爛，照得四周特別敞亮，放眼望去，一片耀眼的黃色，呼嘯來往的車輛不時揚起塵土，公路筆直寬廣，北國原野予人一種乾燥粗獷的感覺。車子往長安大學的方向前行，不時經過未開發的遺址，先是阿房宮，接著是漢朝長安城。順著導遊手指的方向，遠遠望去，有成片翠綠的樹林，有蒼茫光禿的野地，都是當年繁華一時的都城，如今都塵封地底，到底埋藏多少寶藏，只有開挖才能知曉。西安名不虛傳，整座城市包容在歷史的氛圍裡，彷彿一條深幽的時光隧道，望著窗外的景色，心裡的悸動難以形容，想到這就是耳熟能詳的長安，即將細細端詳它的容顏，覺得眞是幸福。

不過，幸福的感覺很快就消失，天色漸漸暗下來，車輛慢慢增多，終於萬家燈火了，沿路塞滿了汽車，高速公路像停車場，車子一部接一部，磨蹭老半天才前進一點點，像台灣春節返鄉的車潮。五十公里的車程，走了快兩個小時，還陷在車陣裡，何時可以抵達旅館，誰也不知道。導遊已經從秦始皇講到七王之亂，又說到李世民，我們知道他擔心冷場，所以引經據典、口若懸河地講著，體貼他的好意，裝作聚精會神地聽著，心底卻暗自盤算：交通這樣惡劣，再來的行程要如何安排，才能避免塞車，或者將痛苦減到最低。看樣子，是不能想去哪，就去哪，務必做些取捨才行。有些景點，不去終身遺憾，有些就只能略過了。哪些是非看不可的呢？是帝王的陵寢，像乾陵、昭陵、陽陵、茂陵、始皇陵？是名聞世界的兵馬俑？是貴妃賜浴的華清池？還是色卽是空、空卽是色的大雁塔？

思前想後，覺得只有離市區最近，年代最久，又最貼近生活的半坡，絕對不能錯過，它把六千年前先人的聚落，從地底移到地面還原，就是課本說的彩陶遺址。雖說是新石器時代，但人們已學會用高溫冶煉陶盆，並在上面繪製彩色圖紋加以美化，懂得編織簡單的纖維，曉得養豬養狗，學會種粟務農，也能用簡單的符號記事。他們自認是魚族的後代，認爲魚是人的始祖，這是華夏民族的童年，到半坡就是尋根，尋找人類尚在牙牙學語時，生活裡的蛛絲馬跡。

到半坡，得從南門搭11路公車，沿著東北方向前進。南門是大站，附近有幾家旅館、餐廳和藝品店，由於地形的關係，南門站的候車亭有些曲折，像故意嵌進去的一段道路，一邊是餐廳和商店，一邊是綠草如茵的休憩區，氣派又浪漫，好像遊樂園裡的主題線路，有一種世界從這裡展開，旅行從這兒出發的況味。

雖然是起站，因爲排隊人龍長，上了車還是沒座位，只好站在駕駛座的後方，發覺是個女駕駛，車窗還貼了一塊牌子，寫著：工人先鋒號。不就是公交車嗎？怎麼有這樣的標示，正有點納悶，車子已經到了開元廣場，上來一位少婦，頭上套著淺藍色的浴帽，半透明的，裡邊全是黃色的燙髮捲，顯然剛從美容院出來，尚未完成美髮程序，不知爲何就這麼上了車，令我想起曾在青島的公車上，見到自己攜著塑膠板凳上車的大嬸，不覺失笑。車上的電視機此時打開了，是中秋特別節目，畫面是各處的景點，旁白在人聲車聲中特別嘈雜，這時坐在電視機下的一位少女，看來像上班族，從提袋中好整以暇拿出手帕鋪在腿上，伸手在袋中抓出一把瓜子，開始卡卡卡地嗑起來，時而噘著小嘴，把瓜殼吐在手帕上，身子隨著車子的顛簸擺動，竟像風中的楊柳，無論怎麼晃動，總是從容優雅，早將公交車當成長途客運了。

車子行進的路線，是正在挖掘的捷運，走幾步就停一停，走了四十分鐘，卻只前進一小段，忍不住問駕駛同志，何時可以到半坡？司機答說，平時只要四十分鐘，現在就不知道，也許一個半鐘頭，也許兩個鐘頭，或者更久。問完轉過頭，旁邊一位少女正好也望著我，就禮貌地笑了一下，她也微笑回應，接著交談起來，原來是附近的大學生，讀的是建築系，旁邊坐的是她同學，問在哪個學校就讀，謙虛地回道：學校不太有名，可能外地人不知道。後來，才聽說，西安有很多大學，密度是全中國最高的。問是哪裡人，她說同學是安徽來的，她自己是蒙古人，但不會講蒙古話，每年只有過年的時候回去，因爲太遠了，坐火車要兩天兩夜，搭飛機比較快，但要一千多人民幣，捨不得。我讚美西安的羊肉味美，她卻皺皺眉，搖著頭說：和蒙古比，差得多了。想來也是如此，可惜我們沒機會嚐到。說著說著，她們已到達目的地，就都告別下車，這是生平第一次和蒙古人講話，也是第三次認識蒙古人，頭一個是成吉斯汗，第二個是電視上的斯琴高娃。

車子不久進入郊區，人煙漸漸稀少，車速逐漸增快，終於到了半坡。公車站連著幾家賣土菜的餐廳，矗立在蒼黃的野地裡，有點像電影裡的西部小鎮，旁邊有一條寬大的馬路，但房子疏疏落落。博物館是一幢白色的建築，老遠就望到了，它對面是新開發的社區，白色的磚牆、深色的窗框，配上明亮的玻璃，建材和格局都中規中矩，旁邊是一大片農田和樹林，幾間簡陋的房舍隱約藏在林蔭深處。

下車的時候，一位老先生也跟著下了，其實他只有六十多歲，但比實際年齡蒼老，這裡陽光猛烈，風又整日嘶吼，他的膚色焦黑蠟黃，像長期暴露在日照下的老農。他佝僂著身子走在前頭，這時向博物館走的，只有我們三個人，看我們像觀光客，就轉過頭好奇地聊起來，問從哪裡來，說從台灣來的，他露出興奮的神色，問道：「台北有沒有西安大？」回說：「沒有西安大。」他就有點自得，眉飛色舞地說：「西安大咧，有八百萬多人咧。」

又問：「台灣的東西貴不貴，聽說台北的費用很高。」我們說：「台北的東西比這兒貴一點。」他點點頭，接著問：「你們在台北租房子，每個月要不要一千塊？」這問題有點難答，就回說：「還要多一點。」他露出滿意的笑容，顯然他的資訊是準確的，說著說著，已經到了博物館，大家揮手道別。他沿著田邊小徑背著雙手，緩步走向家園，看來是半坡當地人，博物館內的骸骨或許就是他的先人，當年盛水用的陶碗、切肉用的石刀、挖土用的石斧，如今都放在館內，供人瞻仰，專家從遺址中，發現二十多種符號，也許就是文字的起源。最多的是繪有魚形圖紋的陶器，有的人魚合體，有的像是被貓啃過的魚，只留下完整魚骨的圖形。最著名的是人面魚身，人面魚的頭頂是尖的，像魚頭一樣可以潛水，有的從耳朵長出魚腮，有的從腮邊長出魚骨，嘴巴也像魚嘴一樣裂開，而且大多笑逐顏開，是典型的半坡圖騰。

三千年以後的周人，仍相信他們的祖先是魚。古書上說：周族姬姓的始祖后稷死

像渡假村的半坡仿古屋（上）；半坡各種魚類圖騰（下）。

而復活，身子有一半返祖，化爲魚身。《詩經》也記載：「猗與漆沮，潛有多魚。有鱣有鮪，鰷鱨鰋鯉。以祭以祀，以介景福。」意思是說：在漂亮的漆水與沮水中，棲息著許多魚類，祭魚以饗先祖，可以求得平安，或說讓衆多的魚類先祖享受祭祀，可以求得鴻福。

中國人的圖騰究竟如何從魚變成龍，是那個下午不斷思索的問題，是從溫和可掬的魚，先長出獠牙，長出鬍鬚，再生出利爪，成爲可以翻雲覆雨、興風作浪的三棲動物嗎？可能達爾文才能解答。

半坡村是母系社會，聚落由一間大屋居中，數間小屋環繞，大屋便是今天的禮堂，是公共集會的場所，聚落周圍設有壕溝，是一條護村河，用石斧一鏟一鏟挖出來。博物館周邊蓋了一些模擬當時的建築，可惜作工太細膩，倒像太平洋島上的渡假村，其中幾間還眞的是餐廳，不過造訪時，並未營業，只有掛鎖冷冰冰地迎著賓客，這裡出土的陶甑，是人類最早使用的蒸鍋，其他還有婦女用的髮髻插笄等裝飾品。

氏族使用公共墓地，有的單人下葬，有的雙人合葬，有些是四人合埋；有的仰葬，有的俯葬，有的直肢葬，可能是壽終正寢，有的是屈肢葬，或許因犯罪受罰，但無論如何，死者的頭部都朝西，也許象徵死後歸西，如太陽西沉。

一九八八年，中國著名的刑事專家趙成文教授，在陶片上發現一枚六千多年前的指紋，是左手的大姆指指紋，經過鑑定，它的毛孔比現代人大而密，指紋線條也比現代人更密，每一厘米有十九條紋，現代人只有十七條，令我想起途中遇見的半坡老人，不知他的指紋是十七紋，還是十九紋？

走出博物館時，一陣強風捲起滾滾沙塵，大地被風沙抹了一遍，狂風日日夜夜地呼嘯，所有的文明最終都要被沙塵覆沒，幾千年後，台北也可能被埋在地底，如果有機會出土，首先被發現的，會不會是一〇一的尖頂，還有骸骨旁的手機？手機上的指紋，到底是疏些？還是密些呢？（二〇一二）

六朝現代丰采

千山萬水，長途跋踄，旅人歇息的頭一站，往往是下塌的旅館。

不管事前準備多充分，上網查得多仔細，一進門，發現貨不對版，遊興掃了一半的經驗，人人有過。記得遊澳洲黃金海岸時，感覺房間有異味，換了幾間房，才知道所有的房間都發霉，徒勞半天，只換來服務生的咕噥和白眼，在一屋難求的旺季，只好忍氣吞聲捱了幾天，那是個只有海岸，沒有黃金的假期。也曾捫心自問，是否太過苛求，但思前想後，總覺得在合理的預算內，每家旅店總有些小小的缺憾：譬如燈光太暗、空調不足、房間太吵、空間太小，至於格局擺設是否適當，更是不在話下，這樣的經驗從斯德哥爾摩到雪梨，從倫敦、新加坡到喜多方，經常遭遇。總幻想有天能住進一家寬敞的旅館，家具擺在適當的位置，浴室乾濕兩用，閱讀、更衣都有合適的空間，一張舒舒服服的大床。沒想到，這次在南京眞遇上了。

旅館的大床像皇帝的龍床，感覺特別寬敞，長和寬似乎都多了兩尺，兩腿一伸，腳板離床沿還有一段距離，大字型躺下時，左右手離床邊還很遠，無論是各自看書或酣睡，都不會干擾另一半。除了大床，還有設備齊全的更衣室，包括衣櫃、置物架、化妝桌，更衣室面積竟和京都的旅館房間一樣大。

諷刺的是，這樣豪華高檔的旅館，竟是搭乘落後的麵包車一路顚簸來到的。頭一天抵達，本打算在中華門轉搭計程車，卻發覺那兒氣氛詭異，這個忙碌的客運總站擠滿風塵僕僕的旅客，到處是拉客的黃年，空車像彩色巨蟒歪七扭八地趴著，隨時準備出擊，每一撮拎著行李的旅客附近，總有一堆黃牛貼身地攬客，氣氛像數十年前台灣各地車站，可是行李整整齊齊，還貼著托運條、儼然要進城的我們偏偏到處碰壁，在長途客運站，短程客是不受歡迎的。

最後坐上一輛麵包車，門關不上，背靠不著，馬達聲音奇大，椅子破爛陳舊，隨著路面起伏發出吱吱的怪聲，車內到處是破布、垃圾，像極社區的資源回收車，一路上搖搖晃晃，心情跟著黯淡下來，想到打了八百元的電話，電子郵件不斷確認，費心訂到的豪華酒店，竟要用這種前現代的方式前去，不免擔心會被載到暗巷，登上社會新聞的一角，還好平安抵達，設備還舒適得令人驚喜。

兩千五百年來，南京換過無數主人，名字改了四十多次，著名的有金陵、秣稜、揚州、建業、建康、也有稱江寧、集慶、應天、天京。歷史上東吳、東晉、宋、齊、梁、陳六個朝代都曾在此建都，中國政經重心也因著南移，在三百多年動盪的歲月裡，保存了漢文化的血脈，江南登上全國的政治舞台，「六朝丰采」成為市民共同的驕傲。其後的大明、太平天國到中華民國，也都在此號令天下，英雄豪傑如走馬燈流轉，朝代更迭如潮起潮落，粉墨登場一陣風光後，終歸偃旗息鼓，如今樓塌了，戲散了，留下滿街梧桐和幾處皇陵供人憑弔。

樹幹像得了白化症，蒼黑的底子印染白斑的梧桐是南京著名的路樹，枝幹雖然奇特，但樹齡悠久，華蓋亭亭，秋老虎發威之際，兩旁街道受蔭，淸風徐來，懶洋洋地舒坦，竟如椰樹下的南國。其貌雖然不揚，桐樹可是歷代文豪的最愛，李後主的「寂寞梧桐鎖淸秋」流傳千古，元曲大家白仁甫的〈梧桐雨〉也是膾炙人口，〈雙鴛鴦〉中有「驚我來的，是兀那窗兒外，梧桐上雨瀟瀟，一聲聲灑殘葉，一點點滴寒梢……」〈黃鍾煞〉有「雨濕寒梢，淚染龍袍，不肯相饒，共隔著一樹梧桐滴到曉」。靜沉沉的梧桐在生花妙筆下，都有了鮮活的靈魂，時而低吟呢喃，時而泣訴喟嘆，即使遠方的粵曲也有「夜半聽得秋聲桐葉落」在大街小巷傳唱。

和梧桐一樣有名的是明孝陵，位於市郊的鍾山，葬著朱元璋和馬皇后，名爲墳場實爲墳城，周圍皇牆約四十五華里，曾動用十萬名軍工，花了四十年工夫，由五千六百人守陵，爲了一塊「太祖神功聖德碑」，石匠每天要敲碎廢石三斗三升，有人做到累死，有人做不到被處死，冤魂葬在附近的墳前村，如今墳場已無覓處，氣派的皇陵則保留下來，成爲世界文化遺產。

除了石匠的冤魂，還有殉葬的嬪妃。明太祖英明神武，深知金銀容易搶奪，絕世麗姝難求，臨終交待「毋用金玉」陪葬，但令三十多名嬪妃殉葬，被封爲「太祖朝天女戶」。如何朝天，當時並無記載，但他的兒子朱棣歸天時，嫁到大明的朝鮮佳麗殉葬的慘況，則被《李朝世宗實錄》記錄下來：

帝崩，宮人殉葬者三十餘人。當死之日，皆饗之於庭，饗輟，俱引升堂，哭聲震殿閣。堂上置小木床，使之其上，掛繩圍於其上，以頭納其中，遂去其床，雉頸而死（注）。

建了巨墳，殺了嬪妃，好不威風，出殯時卻戰戰兢兢，大棺由十三道城門同時抬出，屍歸何處，成爲千古懸案。不管孝陵有無葬人，朱洪武的遺跡無處不在，當年發號司令的明故宮，雖然垂垂老矣，還顫巍巍立在鍾山腳下，朱紅黯淡的梁柱像主人一樣陰沉，默默地監視來往的車輛。召集群臣講經的「朝天宮」，如今是愛國主義的教育基地，門上掛滿獎杯。偏殿廊下是古玩市場，褪了色的玉石、長了鏽的銅幣，

天下聞名的明孝陵（上）；南京百貨公司的中庭（下）。

都擺在灰暗的賣場，在霉腐的氣息中任人挑揀。

不遠處，是大名鼎鼎的秦淮河，夫子廟、江南貢院都在周邊。禮教嚴謹的時代，考場與歡場意外相連，好比「金錢豹」開在考試院旁，這廂在槳聲燈影中，高張豔幟，那廂是萬仞官牆裡，三綱五常，中間是魚躍龍門的貢院，道德與情慾交流，現實與理想隔河對峙。

秦淮河淘盡歷史的渣滓，夫子廟不再教諭忠孝，現在是潮人潮店的據點，套用社會主義的術語，是「商品拜物教」的總壇，從咖啡、手機到內褲都有推銷的擂台，身著熱褲的辣妹不時在台上勁歌熱舞，吸引遊客駐足，港台藝人成了現代仲尼。要談今日禮教，必須到廣州街的先鋒書店，和誠品一樣高調，一千兩百多坪的大賣場，還附舒適的桌椅供人閱覽，各國人文書籍應有盡有，滿屋子詰屈聱牙的學說，細膩複雜的理論，因著心照不宣的原因，檢討別人的多，反省自己的少。這十三億人的超級大國，幾十年驚天地的變化，從大鍋飯、改革開放、和平崛起到中國模式，竟少有專論觸及。

市民們都知本市遵循國策，秉持上下分工的原則，大事自有大人操心，不勞小民憂煩，軍國大事不容置喙，媒體一片祥和，大奸大惡的重案，報紙電視難得一見，市井點滴則被放大檢視，譬如：

千金小姐由六位管家陪同，帶了十九箱行季，趕來辦理新生報到……

窮學生坐了二十七小時火車，帶一瓶水、兩個蘋果赴校註冊……

風流偷兒闖空門，當場換上主人的衫襪，攬鏡自照，主人剛好返家……

公廁晚上關門，急壞大娘打一一〇報案，才得方便……

白天逛大街，晚上看八卦，是暢遊金陵的一大享受。

八卦新聞報導詳細，鄉野傳奇令人驚豔，高淳縣椏槟鎮許村父老成天吟唱「白蛇與許仙」的山歌，自稱家鄉就是許仙的故鄉，父老們引經據典，指證荊山就是金山，金山寺卽永慶寺，白蛇盜仙草的地方就是附近的靈芝山。美麗的傳說令人想起西湖，是許仙與白蛇邂逅的地方，此次無緣造訪。路過揚州時，倒專程到瘦西湖朝聖，堤岸垂柳在碧波間擺盪，遠方一座拱形白橋橫跨水上，風景秀麗。湖邊小販兜售紙傘，有粉紅和藍色兩種，傘面淡淡地描了花蝶，像一副鮮豔的圖畫，遠遠就吸引遊人的目光，望著柳梢間隱約的白牆，想像白娘子和青娘子撐著鮮豔的花傘，巧笑倩兮從湖邊款款走來，不禁心蕩神馳，京劇裡「借傘」的橋段，不覺在心中播放起來。

離開瘦西湖時，計程車從熙往攘來的老街，逐漸奔向繁華的新市區，馬路逐漸寬敞，高樓大廈突然增多，像幾何線條一樣整齊的街景，展現了新興都市的氣派。客運站前聚集著人潮，原來是附近知名的大學設了攤位，準備迎接外地來的新生，年輕學子穿著湖水綠的制服，像披著彩色羽毛的公雞，生氣勃勃，未來是他們的天下，一切都在脫胎換骨，ＩＴ產業來了、３Ｃ賣場蓋了，人們會漸漸淡忘這兒的牛皮糖和山水畫，除非聞到風拂柳梢的輕響，瞥見樹間蕩漾的漣漪。（二〇一〇）

注釋

這句話翻成白話，就是：皇帝死了，有三十多名嬪妃要殉葬。殉葬當天，在大院設宴款待她們，筵席結束後，她們被帶到大堂，大家都嚇得大哭，哭聲連殿閣都被震動。大堂上放了一張小床，叫她們站在床上，把頭套在上面事先繫好的繩結，再把床移開，就都被縊死了。

即墨河畔

齊國大將田單在卽墨城用火牛陣衝破包圍的燕軍，並且乘勝追擊，收復其餘失土，免於滅亡，是中國歷史的傳奇，也是當年領袖鍾愛的故事。雖說是公元前兩百七十九年的事件，但在特殊的年代，卻編入各級教科書，成爲大家耳熟能詳的典故。

教科書說：田單收集了一千頭牛，牛角綁上刀刃、牛背畫上五花彩紋、披著黃色綢緞、牛尾繫有淋上油脂的稻草，在一個夜黑風高的夜晚，將牛尾的稻草點燃，牛群受驚衝向敵營，終於大敗燕軍，從此齊國轉敗爲勝。立了大功的田單被封爲安平君，但那一千頭牛的功勞，齊國到底如何犒賞，書上可沒記載。

這件事，山東人的感受特別深刻，因爲「惟田單，吾其燕人已」，如果不是田單解了卽墨之圍，齊國就被燕國滅了，山東就被稱爲「燕」而非「齊」，齊魯就變成燕魯，歷史就這樣轉折了。不過卽墨人卻另有說法，他們認爲齊軍如此勇猛，是喝了本地出產的老酒，一種用上好的大麥和嶗山泉水，發酵壓榨精製，含有豐富的礦物質和微量元素，喝了之後，精力百倍，好像台灣的蠻牛飲料。

造訪卽墨是初秋一個晴朗的早晨，出租車從青島鬧區出發，開往長途汽車站，香港中路的繁華漸行漸遠，柴米油鹽的庶民圈愈來愈近，幾處公園的人行道，不時有人露天理髮，花兩塊半人民幣，在微風輕拂的樹蔭下整理儀容，順便聊家常看街景，也是小小的享受。車經瀋陽路，幾家大型工廠附近，聚集了一群精壯的漢子，個個膚色黧黑，拎著包包，或蹲或站或坐，少有交談，只用冷冷的眼神回應車內的我們，這是附近下崗的工人。

還沒到長途汽車站，遠遠就看見候車室門口，有兩個披彩帶的小姐站崗，亮票才能進入，據說是擔心下崗的工人盤據。和家人上車時，車內已坐滿人，雖然車程只有一小時，但大叔姑娘的手機不斷響起，通話內容全車分享。

離開市區，上了煙青路，和善的司機突然霸道起來，沿途猛按喇叭，小車都得讓道，兩旁盡是破落的工廠，近流亭機場時，看到許多韓文招牌，是高麗人開的店，雖然規模不大，但瞧來市況不錯，這是一條繁忙的公路，只是沙塵特多。近卽墨時，新屋漸多，大都三、四層高，類似台灣的透天厝，街景透著新貴的氣息，馬路也寬敞氣派，到了墨水河畔，景觀更美，波光粼粼，岸邊垂柳擺盪，堤上幾張石椅，三兩情侶依偎談心，旁邊是宏偉的郵政局，街景竟像北海道的小樽。

抵達卽墨站時，已近中午，站旁賣火燒、饅頭和小炒的食堂，混著大蒜、辣椒的香味，不時從陰暗的店裡飄出。後座載著玻璃罩的單車攤子，在巷口吆喝捲餅粉條，成衣攤擺設的衣服，顏色鮮豔得令人眼花，旁邊是兜售本地紅棗和嶗山脆桃的水果攤。街上盡是烏黑油亮的臉孔，帶著勞動者特有的憨直與生活淬煉過的滄桑，不遠處有家相館，櫥窗內擺了幾張照片，照片中的漢子有齊魯男兒特有的剛氣，台灣老歌不時從ＣＤ店傳出，深巷的弄子裡，陸續有姑娘和大嬸進出，這個熱鬧的市集，時間彷彿停格在似曾相識、既熟悉又陌生的從前。

黯陽下陣陣狂風吹襲，令人睜不開眼，頂著風拐個彎，來到街角一棟灰黑的大樓，約六、七層高，是一幢沒有門的公寓，入口又低又窄，從街頭望去，裡頭陰陰暗暗，看不出建築的年代。樓下兩戶人家，窗口掛著招牌兜售雜貨菸酒，旁邊是工業用的五金行，灰塵瀰漫中，依稀可見對面有塊招牌寫著「青島錨鍊工廠」，照樣沒有大門，也聽不見機器的喧囂，只見幾位老人提著青菜推著單車，悠閒地進出，可能是已經停產的工廠。

物換星移，古城已杳，大將怕已數度輪迴，火牛結爲化石，戰士的後嗣是黑手，這是山東的三重埔。二十六萬農民已經轉業，這兒的服裝批發市場是華北最大的市集，每天有十萬顧客上門，印象中的古戰場商業興旺，有地產開發、石油天然氣、魯旺酒業、稅務師事物所、農業銀行。四月底舉辦商展時，酒樓街燈的裝飾全外包給廠商，每支燈桿的租金是兩百二十元，入夏時，可是卽墨的大事。

幹道旁廠家林立，一派興旺景象，但只要一個拐彎，進入老街小巷，又變成俗麗的小鎮，這個新舊雜陳、正在脫胎還未換骨的小城，大道通向繁榮的未來，小巷猶留著滄桑的過往，竟像一幅時間的拼圖。

城內，唯一留著古味的，似乎是「卽墨古縣衙」（注），坐落在老社區的田舍裡，是一座古厝的大廳，顏色很像台北的北門。官府設在如今的中山街上，是無意的對比，還是有意的嘲諷？令人費解。不過有理無錢莫進來，中山街設置衙門可省卻師爺多少暗示，孤零的小屋連同旁邊一整塊空地都被圍起來，空地上蓋著六、七層高的宮殿大樓，雕梁畫棟，似乎有意顯擺官府的威嚴。只是門口晾曬的衣物又透著庶民的氣息，衙門兩邊都有泥路通向民宅，那些宅厝的年代似比衙門久遠，泥路黃得發白，旁邊是黃色的農舍、黃色的圍牆，黃得荒涼，黃得令人猜不透年代，古厝究竟是老爺當年的公館？還是捕頭的居所？無從查考。發白的泥路讓我墜入無邊的想像，發怔的當兒，突然有一群穿白襯衫、繫紅領巾的少年魚貫從路的盡頭走出，剎那間，那個強調「多快好省」「超英趕美」「打倒蘇修」的紅小將、江青的樣板京劇以及文革的血腥戾氣，都像跑馬燈一幕幕跳到眼前。

中山街舊名已不可考，當年想必車水馬龍，老爺出巡時，肅靜迴避，好不威風，如今繁華落盡。車站離此還有兩里路，出租車很少經過，公車倒是隨處可停，雖然人煙稠密，但已幾分破落，好比墨水河公園的「沁園春」石碑，毛澤東的字跡依舊蒼勁，但漆色大半脫落。北國尚未冰封，秋風在麗日下低吟，捲起落葉飛沙，這葉落何方，塵歸何處，已等不到漁樵閒話，只有附近工廠的機器不斷地鏗鏘。（二〇〇五）

注釋

本文爲筆者二〇〇五年初訪卽墨的遊記，文中所述情景，如今已不復尋。二〇〇五年當時只有一間老縣衙，據說是公元前五九六年遷城後設立的衙門，有一千四百多年的歷史。縣衙古宅座落在黃得發白的田野中，旁邊只有一棟剛建好的仿古大樓，周邊全是荒涼的野地和稀稀落落的老宅，但此地是卽墨古城的所在。二〇一三年當地政府開始拆遷，其中有四七九八戶被安置，原址規劃復原古城舊貌，如今讀者在網路上所見的卽墨古城，幾乎所有的建築都是仿古作品，卻散發著新宅的氣氛，可以說是一座古城的模型展覽，如今已成爲一個觀光景點。

輯四

轉眼分離乍

倫巴之都

夕陽將落未落，天色將暗未暗之際，最愛到河邊散步。

這是一天之中，天色變化最豐富的時刻，起先燦爛輝煌，繼而昏黃黯淡，最後歸於黑暗。光與陰走了一個輪迴，白天與夜晚悄然相接，周遭的喧囂漸趨沉寂，夜晚的寧靜逐漸逼近，天地間彷彿有一道閘門，將光明與嘈雜吸進去，把黑暗和寂靜吐出來，一天的辛苦已經結束，明日的勞累還無暇想像。一天之中，再沒有比此刻更適合到河邊走走，聽聽流水的聲音、聞聞野草的香味了。

這天，我照例在河邊走著，堤岸高處傳來原住民的歌聲，嘹亮醇厚，伴唱機的聲音反而殘破掃興，有流動小販叫賣粉粿冰，順著聲音看見幾位大陸遊客，背包就放在地上，每個人捧一碗冰，津津有味地吃著，一邊居高臨下，鳥瞰河邊的風景，欣賞人們氣喘吁吁地跑著。能摸到這兒散心，又品嚐了道地的小吃，大概已經探過城市的底蘊，才能熟門熟路。看著他們怡然自得的樣子，不由想起第一次看到的大陸人，那是義大利導演安東尼奧尼（Michelangelo Antonioni）拍攝的影片，在學校附近小吃店的電視播放。

位於指南山下的學校，座落在僻靜的山腳，每天進城都得經過木柵，它的聯外道路，蜿蜒曲折，像蟒蛇在低矮的房舍間遊走，雖然座落在首都近郊，生活卻悠閒適意，純樸得像偏遠的山城。人們每日趿著拖鞋出來走動，或買一瓶醬油，或選一雙拖鞋，和店家話話家常，或隔街互相問好，光陰是那樣緩慢推移，秒針走動的聲音，幾乎能聽見，每次經過街上的農會，還看到黧黑的農民在其間出入。

其時從學校到台北，真是山長水遠，公館到新店的鐵路剛剛拆除，新生南路還是瑠公圳的河岸，萬隆附近總有灰白的礦土堆積如山，也不知是什麼工廠。從學校出來，會經過形形色色的小商店，過一道小橋，橋下常年泊著一艘小船，尖形的船頭線條優美，彷彿指向遙遠的過去。它年輕的時候，曾經擺蕩到更深的上游，來往兩地，把山上的香菇筍乾運出來，再把油鹽雜貨載回去。如今溪水淺了，載不動了，被遺棄在半枯的河床上，赤條條地任日曬雨淋，眼睜睜地望著天空，每次過橋，總忍不住瞅它幾眼，天晴的時候，它爲河岸生色，是風景構圖的一部分，風雨交加時，可就狼狽不堪。

過了橋，是一道緩坡，沿坡走下，就到了小鎮的街上。從這兒九彎十八拐，經過馬明潭、景美、萬隆到公館的公車，由欣欣客運經營，它在景美溪畔有個保養場，車子收班後就進來保養，車輛經年累月地出入，周遭地上都沾滿黑色的油垢，濕濕黏黏滑滑，像鄉間未抹洋灰的地面，汽油的臭味常年飄散。這裡像世界的盡頭，溪水緩緩流逝，兩岸荒涼貧瘠，只有幾間疏落的農舍，在蘆葦叢中呈現灰色的點綴。假日，常從宿舍信步走到這兒，看著河岸的景物，對面的山坡隱約有人在整地，卻不知做何用途，呆呆望了一會，突然對同伴說：這邊也許以後會發展，如果有錢在這裡買一片地，應該可以發財。

這是一個周日的黃昏，學校裡空空蕩蕩，此處更是杳無人跡，只有少數車輛呼嘯而過。這麼說，並非有先知的睿智或投資冒險的衝動，只是調侃這兒的荒蕪，兼有故作老成的幽默，如今全都成爲事實。當年整地的是木柵動物園，溪的另一頭，雖然在河堤邊上，卻因爲地處幽靜，被規劃成別墅社區，欣欣車廠早不知遷往何處。

學校附近的小吃店兼賣水果冷飲，還有泡麵加蛋的簡餐，大家喜歡來這兒，邊看電視，邊享用熱騰騰的泡麵。安東尼奧尼拍攝的中國紀錄片，就在店裡的電視播放，影片中男女的穿著都很寒酸，表情木然，生活似乎苦悶無聊，房屋大都老舊矮小，社會氣氛無比沉悶。大家彷彿墜入時光隧道，被拋進一個意想不到的世界，它竟是從小到大，魂牽夢繫的中國？平時人聲嘈雜的餐廳，此時出奇地安靜，只有電視機發出的沙沙聲，大家都被震懾了，不知該說什麼，散場後才三三兩兩地討論起那個離我們這麼近、又那麼遠的世界。

如今到處都有陸客的蹤影，隨時看到他們拍照走動，此地的公車車廂也掛著「江西風景獨好」的圖像，穿梭大街小巷，你也有機會踏上中國的土地，體會它和想像的異同。北京西單，雖然看不到民主牆，卻在附近的巷子，品嚐了生平最美味的燒餅，見識到新華書店的氣派；也曾在玄奘譯經的雁塔下，徘徊流連，默誦《心經》。

從當年的沉悶到如今的五光十色，光陰就這樣悄無聲息流逝，昔日的學校不再那麼偏遠，橋下美麗的小舟早無蹤影，城市同自己的人生一樣，默默地改變了。在這裡，你收到第一份薪水、買了第一部車子，長出第一根白髮，從青澀少年步入世故的中年，彷彿才拆開薪水單，轉眼已經在核對退休金的明細。

初到這個城市時，你習慣搭乘台鐵的平快車，一種名實相符的交通工具，不太快也不太慢，一路走走停停，載著你從南部到這個大城。你一早從家裡出發，到這兒已近傍晚，車子沒有進站前，總要在中華商場的旁邊停靠幾分鐘，和南下的列車交會後，才孔鏘孔鏘地駛進車站，這是每次進城的前奏，也是一種體恤的安排，像免費的市區導遊，先讓你感受城市的脈動，有機會瞅瞅宏偉的大樓，看著店家和客人討價還價，在這裡你第一次聞到牛肉餡餅的香味，還有城裡餐廳特有的各種味道。你是初進城的鄉巴佬，看看這、瞧瞧那，樣樣覺得新鮮，最豪華的第一百貨，和鐵路只隔一條街，總統府和西門町就在附近。即使你對這城市所知甚少，也夠在親友面前吹噓，聽得他們目瞪口呆，你期望有一天，故鄉的鬧區也能像西門町一樣繁榮。

年復一年地盼著，你終究在這裡定下來，漸漸熟悉這兒的一切，成爲它的一部分。你像當年從南部出來一樣，從這裡出發到世界各地，你曾在日麗風和的雪梨，一邊欣賞絕色海景，一邊品啜香醇的咖啡；在凡爾賽宮曲折的迴廊，神往流連；在倫敦的科芬園，見識到迷人的女高音。你對東京地鐵讚不絕口，抱著朝聖的心情，往訪日本多次，經常在新宿車站迷路，靠著好心人的幫助，才走出地下迷宮，可終究也嚐遍燒烤通的美味，在那個上樓必須自己拎著鞋子、狹窄侷促的閣樓裡，你聽到鄰座高聲地談笑，拘謹的日本人在酒後格外地放肆。

你回國後，不斷讚美別人的進步，期望有一天，在自己的城市也能搭乘地鐵，這兒走走，那兒逛逛，希望從學校到淡水，即便不能瞬間即到，也不再那麼迢遙難及。那一天終於來到，紅的、藍的、綠的、黃的捷運，從東向西、自南往北，一線一線地

這城市新舊雜陳，喜歡以原貌示人。

通車，構成了網路，四通八達起來。

你彷彿記得東京地鐵上，人手一書的情景，場景已經變成台北，只是乘客手上的書報，變成了手機，人人拿著長方形的小扁盒，在掌上把玩，你偷覷旁邊的小妞，只見她拿著小盒，龍飛鳳舞寫上：

「我告訴過你，早就該和這種人斷了，你老是不聽，現在後悔了吧？」

寫完，她按了一下，信發出去了，才發完信，提袋裡另一支手機響了，她趕緊挪出一隻手，掏出手機，「喂」了一聲，接通來電，另一隻手仍不停地撫著手機，畫面在她的手指下，像旋轉木馬一樣地跑著，想到無時無刻，空中都有這樣多的訊息在交換著、傳送著，眞是一個忙碌的世界。

以前覺得天涯海角的淡水，你知道不久就要到了，坐在高架的車上，鳥瞰腳下的淡水河、圓山、士林、芝山，地面的景物格外清楚，房子方整地挨在一起，公園的樹林又高又挺，休憩石椅隨處可見，平滑的大理石閃閃發亮，秀麗中帶著迷人的韻味。

這是一個怡人的城市，摩登的金融中心、熱鬧的商圈、難忘的夜市，都在這兒新舊交織著。白天車水馬龍的通衢要道，夜裡換妝變了樣，太陽還沒完全下山，各式各樣的攤販就開始進駐，先把車推進來，再把遮雨棚搭起來，也不曉得從那裡接上水電，周遭瞬間被點亮了，洗濯的水嘩啦啦流著，切菜的聲音剁剁剁地響著，鍋鏟的聲音奇卡奇卡地叫著，一會兒香氣四溢，燒烤的、熱炒的、油炸的、清燉的、紅燒的、涼拌的，浸滷的，還有甜食和水果的香味，不斷飄送出去，像塊磁鐵把人群都吸過來。直到月光逐漸黯淡，人們才慢慢散去，攤販的燈火一盞盞地熄了，四周清理乾淨後，攤車陸續被推走，路又還給了車輛和行人，夜裡的榮景如夢似幻，漫長的一天算是過去了。

不久，晨運的人們起床，上班的人潮出現了，早班公車開始在晨霧中穿梭，這是個生龍活虎的城市，永遠有用不完的精力，日日夜夜時時刻刻，都在活動著。這也是個不善於修飾的城市，不愛擦脂抹粉，喜歡以原貌示人，清冷的巷子盡頭，矗立著摩天大樓，豪華的樓群也常包圍著老舊公寓，它不作興改頭換面的整容，把舊的全部拆掉，從頭來過，習慣今天墊鼻子，明天割雙眼皮，後天整整眼袋，總是這兒蓋一間，那兒拆一棟。你起先覺得不搭調，待久了，就知道那是另一種搭調，它以一種慢吞吞、可又水到渠成的方式，默默地運轉著，不刻意追求輝煌，也不營造氣派，只是從容自在、緩慢悠閒地前進，慵懶得像踩著倫巴的舞步，腰部款款輕擺、口裡隨興吟唱，不知不覺進入忘我的境界。（二〇一三）

小買家市場經

說到市場買菜，人人都會，談到如何採買，更是各有心得。在下對家庭不知如何貢獻，領導擔心我無所事事，難免日久玩生，難以駕馭，乃分配我一個重要任務，每日進出市場採買。個人雖然資質駑鈍，日子久了，也悟出某些門道，只不知對也不對，今日就野人獻曝，與各位分享，說得不妥，敬請指教，說得在理，請給我按個讚。

仔細想來，到市場買菜，主要有三個層次，就是大買、中買和小買。所謂大買，就是每周一次的大採買，把一個禮拜要用的雞鴨魚肉、蔬果醬料、飲料、南北貨一次買足。這必然要出動車輛，去到像環南、濱江或南門、東門那樣的大市場，才能一次搞定。至於三天補給一次的魚肉菜蔬，只要出動機車到附近市場轉轉卽可，這是中買。至於小買，則是每天必須補給的食材，主要是青菜，因爲很占體積，無法一次買齊一周分量，只好每天補充。

一個人要具備大、中、小三種採買的經驗，才算眞正的買家。當然也有一種可稱爲閒買的，好比路過東石，入鄉隨俗，吃一客帶薑味的蚵嗲，順便拎幾隻螃蟹回家，這是興之所至的買法。再有一種叫亂買，用現代話說叫「加購」，像在便利商店結帳時，加購一杯咖啡，原價六十，現在只要二十，有這種便宜可占，當然就買了。在市場買菜，本來只想買兩把青菜，一把二十元，菜販常說剩下一把，順便帶走，算你十元，你就買了，最後當然丟掉了。

撇開隨興的閒買、一時失算的亂買不說，凡是大買、中買、小買無役不與的，大都是家裡的傳令兵比如在下，雖然參與所有的採購，但重要時刻都只擔任司機兼搬運工，只有小買時，才有發揮的空間，譬如：買兩把青菜、一條五花肉、半斤鮮蚵、六個雞蛋等等。負責掌勺的領導，通常大買或特買的時候才出現。所謂特買，就是年節的特殊採買，像中元、清明、中秋和春節等大節日，這時領導總是一肚子菜經，荷包鼓鼓、買氣騰騰親赴市場：要兩斤肋條（當然是本地黃牛）、四條子排（必須兩條併排剁開）、三隻魷魚、兩尾石斑、一斤高山芥藍、半斤海參、兩斤蹄筋、一顆綠花椰、紅莧菜、鎮江醋、紹興酒、紅腐乳、黃豆芽、蝦米、香菇、白蘿蔔、紅蘿蔔、金針、火腿、香菇、木耳、醬瓜……等等，如何搭配，早已盤算妥當，必要時取出小抄，六、七個大提袋，十幾斤食材，很快搞定，這是大買家的風範，小買家如何都學不來。不過大買家固然氣勢恢宏，小買家只是來去匆匆，但跟進跟出，也看出一些皮毛，可以在這兒說道說道。

說實話，逛市場要逛得稱心如意，也不容易，沒有一些心理建設是不行的。首先，當你開車或騎車接近市場，記得先深呼吸，同時忘掉三件事。第一要忘掉咱們是擁有台積電這種半導體龍頭的國家；二要忘掉我們是有一〇一這種華麗摩天樓的地方；第三要忘掉「台灣最美麗的風景是人」這個神話。提醒自己這三件事都跟咱沒關係，因爲你要逛的是傳統市場，傳統也就不是現代。現在的國民人均ＧＤＰ是美金三萬三千元，可是幾十年前的傳統時代，大概只有兩千元，也許還不到。

這樣想，心裡自然浮現一幅傳統的景象：往上看，電線密得像蜘蛛網，千迴百繞；往前看，低矮破舊的房子，一路展開；遠處，有人狂按喇叭，不知想警告誰；右邊，有人隨地吐痰一團一團；左邊，果皮菜葉一堆一堆。是的，你已經回到古早的年代，有了這樣的心理準備，你可以張眼瞧瞧即將進入的世界：先是感覺車流漸漸堵住，馬路有雙併排甚至三併排停車；貨車在水洩不通的巷道硬塞進來，像木匠拿著榔頭，把榫頭敲進去；行人不斷閃躲，攤販急著把紙箱、貨桶挪開；司機砰地一聲關上車門，下車辦事，不管前後多少人車被堵。其中魚攤最是霸道，可能從進口遠洋魚貨的過程中，學到一些海上的壞習慣，把攤位當成島嶼，領海直接延伸出去，理直氣壯地用貨架占住騎樓，貨車霸住停車格，車外堆滿一箱箱魚貨，魚貨外再擺上一個殺魚的流理台，刮下的魚鱗、魚血隨手倒在地上，再流到行人的腳下。騎樓變成他們的賣場，馬路是他們的貨棧。

有一天，親眼目睹一幕奇景：一輛轎車停在一家南北貨門口，妨礙店家出入，於

進入傳統市場，就是回到五十年前的從前。

是找來交通隊，吊車很快來到，把違停的車子吊走。車子一被吊走，店家就把推車擺出來，一層、兩層、三層推車占滿半條馬路，超過轎車臨停占用的空間。車子被吊走時，店家露出欣慰的神色，群衆窸窸窣窣地爲店家打抱不平，只差沒鼓掌叫好，顯然都認同周遭的領域，商家有權占用，默許張三長年霸占馬路，卻不許李四違規臨停。可你千萬不要有這樣的質疑，一定要壓抑心裡的憤慨，否則寸步難行，當官的既然都裝糊塗，咱豈能過分認眞？

等你在車陣中排除重重障礙，把車停妥，從停車場出來，發現廁所周邊擺滿了熟食攤，像黃金泡菜、炒花生、各色滷菜、松花皮蛋、素食麵攤、清粥小菜，也不用過分驚訝，不都是五十年前的常景嗎？

恭喜你通過嚴格的考驗，取得光臨傳統市場的入場券，可以進去瘋狂採買。不過且慢，還有一件事不能忘記，套用流行術語，就是你必須再做一個動作，什麼動作呢？你得從時光隧道出來，先前不提醒過要忘掉很多事嗎？要假想進入五十年前的時代嗎？如今你要從那個假想出來，回到現實，才能進行採買這個動作，這時你不能有假想的動作，你要實想，要精明，因爲不精明，就是跟荷包過不去。

精明的頭一步是，凡是在外場可以買到的食材，絕不在市場內購買，因爲場內的售價總比場外貴，儘管品質略好。好壞貴賤間，得自己拿捏，一把青菜裡邊賣二十元，外邊賣十元或十五元，你可能不在乎區區小錢，但小買家必須斤斤計較。不過在青菜漲翻天時，譬如一斤蔥漲到一百八十塊錢，場內外的價錢就都一樣。

進場的第二個祕訣是從斤兩判定店家是否可靠。譬如你想買一斤梅花肉，如果老板切下來的是十八兩，二兩的誤差，可以忍受。如果割下來的是一斤半，又跟你說差不多，那是在坑你，因爲除非是新手，否則誤差不會這麼大。小買家通常的應對是：既然差不多，那多出來的可以不算錢嗎？攤商只好乖乖把多出來的半斤肉割下，給你一斤，不多不少，這樣彼此算交過手，都有了戒心，你認爲他滑頭耍詐，他覺得你吝嗇計較，以後不敢欺你。如果你要的是一斤，老板只切下來十四兩，表示店家非常可靠，怕切多，拂了尊意，這種店家值得信賴，應該長期光顧。

第三個祕訣是不要主動跟店家打招呼，除非你眞想光顧。在市場打招呼是一種學問，輕不得重不得，經過相熟的菜攤，如果店家未主動招呼，不要見怪。因為除非特別熟識，或者店家嘴巴特甜，一般他們不太主動招呼客人，這是世故的分寸，擔心給客人造成壓力，好像路過就非光顧不可，以後便只能繞道，於是店家少了成交的機會。所以對於半熟客，店家大多謹守分際，靜候你的光臨，除非你在攤前駐足，否則不會主動招呼，這樣彼此都沒有壓力。

最後一個祕訣是不要以為農家自產品比較便宜。市場經常看到鄉下來的婦人，守著幾把青菜、一堆帶土的竹筍蹲在角落吆喝，看樣子都是自家田裡的作物。自產自銷，應該比較便宜，實則不然，因為她們可能山長水遠，一早就從家裡出發，搭火車轉客運接市巴，換了好幾趟車才趕到城裡，這些都得算成本，所以光顧她們是好的，不讓她們白來一趟，但若覺得有便宜占，必定失望。

拉拉雜雜，信手拈來，竟都是婆婆媽媽經，其實忘掉，又何妨。只是花錢事小，受氣事大，明瞭這些小小的講究，有時可以省卻不少閒氣，現在歡迎你進入現代都市的傳統市場，正式進行大買、中買、小買的動作，你即將買到全世界最好吃的黑豬肉，順便報予你知，本地黑毛豬最好的松阪部位，一斤只要兩百四十元，在香港，可能七百元才能買到，即使去到像元朗那樣，三、四條大街，左右兩邊七、八排店攤的大型街市，大都只賣白豬肉。至於生雞，更是個頭小小的，要吃到台灣很普通的放山雞，難啊，更別提閹雞、土雞、玉米雞。冬天有全世界最清甜的高麗菜、夏天有莧菜、空心菜，至於鯖魚、香魚、土魠、赤鯮更不在話下。

你說怎能不到市場轉轉，逛市場怎會沒樂趣呢？（二〇一六）

冬水道物語

老子曰，道可道，非常道。賴子曰，泳可泳，非常泳。

非常泳者，一年四季，寒暑無缺，無論陰晴，每天下水，十度低溫，也不例外。

寒天冬泳，固然神勇，但若衣服一脫，即撲通下水，吃苦當吃補，可就落伍。下水之前，先泡熱水，再游冷水，才是現代泳道。雖有人危言聳聽：謂先泡熱水再游冷水，先熱後冷，體溫難以適應，可能去見馬克思，但言者諄諄，聽者藐藐，先熱後冷，先泡再游，已經蔚爲風尚，泳泡相互爲用，陰陽調和，遂成水道通則。

天氣愈冷，寒流愈猛，冬泳愈是受用。男人雅好此道，據云有物理學根據，相信熱脹冷縮，能增加膨脹係數，再冷也要下水，全身顫抖上岸，功課才算做完，白天磨練，夜裡受用，只有兩人知道。

冬泳能否壯陽，不得而知。不過，游泳確是「現實」的運動，對它虔誠，回報必定甜美，不像國術那麼複雜，高手精氣內蘊深藏不露，必要伸手比劃，才知有沒有。泳者功力如何，身體會說話。池邊巡禮，眼角略為掃描，段數如何，心裡馬上有底。身材勻稱的傢伙，大多泳技嫻熟，蓋姿勢標準，各部位平均運動，線條自然優美，有如力士雕像。腹部微凸或肌肉鬆弛，不是泳技需要改進，就是泳程不夠，想妄自菲薄，太虛偽，想自我吹噓，沒人信。胸部更是鏡子，精確反映泳齡，胸肌若如霜淇淋，有體積無密度，率是壯年習泳、肌肉已鬆，來不及凝結。如似冰淇淋，結實堅挺，必是資深泳友，成績寫在胸膛。女人情形則較複雜，內有不明物體包裝，虛實只能臆測，惟資深泳友透露，佳人身材泳技，也和男人一樣，精確反映泳技，但若認為女性浴室，必有旖旎風光，純屬美麗的誤會。即便有幸闖入，驚嚇肯定大於驚喜，一切都是泡棉和鋼絲作祟。

每天游多少，身材會說話。五百米以下的，號稱0.5K，除了精神抖擻，身材和常人無異；日游千米者，要有贅肉也難，都肩寬腰窄，呈三角模樣。若想胸肌結實，至少日游一千五百米。若三千米以上，不但二頭肌虯結，連腹肌也結實累累；每天打腿四千米，暑假還未結束，蘿蔔腿變鉛筆腿，是虔誠修道的見證。

話說回來，寒流來襲，脫掉夾克毛衣，撲通入水，確實需要勇氣，即使老手，每天也會掙扎。超級好漢，咬緊牙關，坐在池邊，拍拍胸膛，隨即入水。開頭五十米，如刀割刺骨，隨後漸入佳境；五百米後，人水合一；八百米後，天人合一；千米後，寒意又升，要靠體力和意志挺住。泳友驅寒各有祕方，有人泡熱水，有人飲熱茶。泡茶禦寒者，披浴巾當棉被，點支香菸，就在蕭瑟的池邊，赤裸品茗。實在受不了，就衝入烤箱，把身體蒸熱，再跳入水裡，平衡體溫，再上岸喝茶，周而復始，在泡茶泡水之間，冷熱進出，鍛鍊體魄。

天暖時，池邊別有風情，有做瑜伽，暖身兼軟身。有著比基尼，站在平衡板上，左右踩踏，扭腰擺臂，不停晃動，令人眼花撩亂。晨間，有人集體打拳，頂著朝曦，氣定神閒，沉肩墜肘，旋轉不斷。也有踮起腳跟，雙臂伸直，十指交疊反扣，縮著小腹，在池中順走倒退，蔚爲奇觀。

外場花樣繁多，浴室趣聞也不遑多讓，有位毛巾桑，習慣赤裸蹲地，攤開浴巾，就地搓洗，下盤幾乎貼地，寶貝不時晃動，觀者驚心動魄，隨時準備呼人急救。也有潔癖驚人的泳友，人稱「三水桑」，淋浴時必開三次水柱，第一道淨身，第二道洗褲子，第三道沖毛巾。淋浴時，兼顧泳褲毛巾，有時搓褲子，有時洗毛巾，忙得不亦樂乎。

毛巾桑和三水桑的堅持，自有道理。池水加氯消毒，是必要之惡。冷水池和溫水池只加氯，其他熱水池，花樣則多，像蘆薈池、生薑池、硫磺池，顧名思義，各有加料，有的深綠如漆，有的黑褐似藥湯，有的濃稠像牛奶，密閉空間內，五味雜陳。儘管味道難聞，但寒天浸泡，其樂無窮，資訊在此交流：治腰骨痠痛的祕方、縮腹划水的祕訣，大家交換心得；這兒也是感情的避風港：哪家沒有叛逆兒女、出軌的丈夫、哪人事業沒有起伏、哪對夫婦不會爭執、哪個青春沒有煩惱？大家袒裎相見，心防何妨卸下，泡著四十一度的熱水，毛細孔舒適地張開，生活的酸甜苦辣，不自覺傾吐出來。再難堪，也能用他者的口吻，訴說自己的故事，大家心照不宣，適當的時候，給予溫暖的回應，一個簡單的「嗯、啊」，一聲同情的嘆息，一道了解的眼神，都讓訴者得到慰藉。

以爲人生像冷水池，那樣清澈透明，看得清，摸得透，是天眞的幸福。生活總會自然加料，滄桑也會上色，顏色日漸混沌，讓人忘了原色。惟強者能讓池水永遠保持清澈，獨智者才能了悟，諸色只是空相，清透才是本相。每天能在冷水裡，來回衝刺，是一種勇氣，也是一種幸福，在單純的世界裡，舉手投足，在透明的天地裡，掌握自己。哪天，當你只想冬泡，不想冬泳時，人生進入另一個階段，從甲組退到乙組，接下來的冬天，只能泡泡生薑池，隔著透明玻璃，回味以前好時光，池水雖然溫熱，內心卻是悽涼，青春已經遠了。（二〇〇八）

水讚水懺

夏天是何時來的，可有人知道？它躡手躡腳，步履輕巧，但仔細推敲，總有人知曉。

先是報紙不起眼的地方，出現一則小小的新聞：一年一度的防汛演習開始了。溪邊，載著橡皮艇的警車，穿梭河堤上，寧靜的河岸出現嘈雜聲，麥克風布達演習的狀況，持著彩色旗的傳令兵，在現場跑上跑下，河床的怪手轟隆轟隆作響，正加緊疏濬河道。

城裡，貌似忠厚，卻長滿尖瘤的木棉，先是一朵、一朵地綻放，再一朵、一朵地凋落，宛如大自然的街燈，老天爺將它點亮又吹熄。漸漸地，嫩綠的葉子冒出，慢慢地，綠葉取代了黃花。接著，人行道鋪上金黃如稻穗、又薄如蟬翼的鳳凰葉，令人酥麻的涼風陣陣吹來，將全身細胞撫娑通透，輕柔柔地把人送上雲端，再軟綿綿地拋下來，說不出的受用，道不盡的慵懶，大自然捎來信息，夏天到了！

夏天是忙碌的季節，由南到北，從游泳池到海水浴場，各地的水門全開了。塵封大半年的置物櫃，被一格一格地清洗；去年滯銷的泳衣，抖抖灰塵，又重新上架；盛放茶葉蛋的鐵皮桶，拿到烈日下曝曬，雖說茶色可以遮垢，但清洗一番，總較安心；身材健美的模特兒，擺著優雅的泳姿，照片貼在顯眼處，招徠習泳的學員，是這時節的熱門生意；急於炫耀身材的辣妹，已經瘦身好一陣，照例總懊惱腰圍尚多一寸，罩杯還少一級。

比基尼的發明，讓泳衣和褻褲只剩顏色的分別，更前衛的地方，人們裸裎相見，褻衣也多餘。這是個狂野的季節，搔首弄姿是必要的禮儀，乳波臀浪固然撩亂，狐臭異味也讓你嚐鮮，無論袒胸露乳的勾魂，若隱若現的攝魄，不注意姑娘的婀娜是失敬，過分注意是放肆，夏天釋放了女人的魅力，考驗了男人的定力。不論池裡海邊，大家只剩一塊布遮身，肉體從沒這麼接近，在流動的水世界，距離只是一種想像。眼神的交會蘊含火花，嬉水叫鬧是愛的前奏，誇張的尖叫驚呼，音符都帶有性的暗示。沙灘上、礁石旁、涼棚下，多少炙熱的身子曾經銷魂，鶯啼燕轉的呻吟，在浪濤間歇中可以聽聞，這是生命最高的禮讚，人人都飛上天堂，有些成爲美好的回憶，有些增加風流的人氣，有些被薄倖地拋棄。

夏天也是個冒險的季節，在遙遠肅殺的時代。

有什麼比得上，在月黑風高的夜晚，噗通一聲跳下水，橫渡海峽帶著標語去詛咒對方，我咒你：殺豬拔毛、暴政必亡；你回敬：打倒蔣幫、解放台灣。不管叫蛙人、水鬼、救國軍、成功隊、陸戰隊，冒著生命的危險，夜潛數萬米，只爲了吐幾口小小的口水，在對方濱海的島上，逞了能，立了功，替領導出了氣，浪裡白條如何練就，這故事可要另費周章。

但眞正的冒險家另有其人，抱著籃球綁著浮條，有從舟山群島出海，一路游到馬祖。有從馬祖下水，一路漂到平潭、廈門，這是有去無回的旅程，將靈魂交給上天，將肉體託給海神，選擇另一種人生、另一個社會、另一個國家、另一種身分，決絕地跳進黑水溝，自己革自己的命，潛入命運的海中。有人葬身魚腹，有人亡命槍下，有人榮華富貴，是英雄？義士？還是叛徒？又有誰說得清？

夏天也是送別的季節，白髮人送黑髮人。

蘭潭、碧潭、北勢溪、白沙灣，任何山巔水涯，都暗藏死亡的陰影。早夭的青春在烈日下，吟唱哀傷的輓歌，藍澄澄的溪邊，躺著年輕的身體，水珠還在身上流淌，底下墊著草蓆，頭上用白布蓋著，燒了一半的冥紙猶在冒煙，家屬的哀嚎，在山光水色的明媚裡，顯得蒼涼突兀，聲聲呼喚句句哀，冰涼的肉體已無回應，道士搖著鈴鐺，口中念念有詞，祈求魂兮歸來。幾個失魂落魄的傢伙，呆呆站在一旁，是死裡逃生的伙伴，鄉民和遊客圍成一團，窸窸窣窣地交談，夾雜幾聲同情的嘆息。

印象中，早夭的二哥當年走時，也是這般情景。難忘的是，母親從家裡，一路哭，一路跑，一路走，踉踉蹌蹌三、四公里，狂奔到現場。記不清有多少家人在這斷腸路上奔馳，只記得柏油路上，熱得發燙冒煙。這麼多年過去，哀傷早已盡歸塵土，二哥屍骨雖無覓處，母子若還有緣，幽冥也會重逢，只不知這肝腸寸斷的怨，母親要向誰訴？

都說時間沖淡一切，但那池子，那段路，那片草蓆，二哥那張模糊的臉，三不五時總會出現。沒來由地，總想起悟達法師的水懺。因著權臣袁盎進讒，被腰斬慘死的晁錯，經過十世的糾纏，終於化做人面瘡，寄生在袁盎轉世的悟達法師的腿上。悟達獲得迦諾迦尊者的開示，用慈悲三昧水洗濯，終於洗去累世的怨仇，讓食肉的人面瘡消失，漢朝結下的仇，唐朝來償，十世的仇恨終得用聖水洗滌。兵災瘟疫地震、各種人禍災殃，後世都藉慈悲的聖水，尋求化解，罪業一旦冰釋，譬諸水也，衣之汙，濯之無不潔，只是青春的生命也慘被吞噬，不知法師有何開示？是爲了增強水的能量，讓它更能消災除難，還是前世業報今來償？只有水知道！（二〇〇九）

暮春櫻語

夜半經過鄰宅，發覺從院內伸展出來的櫻樹已長滿嫩葉，日光燈從二樓陽台照下來，黑褐的樹幹和青翠的綠葉，罩在白茫茫的光暈裡，迷迷濛濛，有說不出的詭異，幾天不見，樹竟全變了樣。

幾天前，樹上開滿桃紅的櫻花，在白圍牆的烘托下，雍容華貴。從遠處走來，先是一片豔紅，亮晶晶映入眼簾；靠近點，就見到一大片櫻花從圍牆斜伸出來，竟像插在花瓶；更近些，會聞到花香，走到樹下駐足，常被它的瑰麗震懾。只見滿天桃紅、灰濛濛的雲，還有白色的、暗黃的窗格，都在花海中隱約浮現，枯枝上滿是豔紅，北國風情竟在熱帶的海島出現，怎不令人驚喜。印象中，這時節的南國只有木棉花差可媲美，不過木棉沒這麼耀眼，而且它直挺挺站立，有些呆板，不像櫻花豪邁地向天際伸展，姿態綽約，難怪日本人愛它。它很像武士，有種素樸的美，只有生與死，花和葉不能兩存，葉子飄零時，花兒才準備綻放，花謝時，葉芽才冒出，生死間沒有含糊。

第一次看到櫻花是小學二、三年級的時候。那時，每年阿里山花開，一位在山上工作的父執總會摘幾枝送來，記得都是含苞待放，有些像貓柳，插在花瓶，不久花就開了。當時只覺得它英挺，倒不覺得多美，現在回想，連收音機都沒有的家裡，擺著這束遠客送來的櫻花，是多麼奢侈！那是只有年節，特別是清明時，才會買些黃菊和劍蘭，擺在墳前應景的時代。及長北上，就更難睹花容。第一次被櫻花的美震懾，是在京都。那次旅遊適逢花季，到處是怒放的櫻花，漫步在二条城，幕府風格的古城，厚重的原色棟梁，工整的建築線條，果眞侯門深似海，踩在細石路上，足下盡是繽紛落英，一眼望去，四周一片花海，雪白的、粉紅的、桃紅的都璀璨開著，如夢似幻，原來這就是所謂的圓滿。

離開京都後，才知道櫻花花期很短，那次幸運相逢，以後即無緣再遇。日後再到日本，都和櫻花無緣，不過在台灣倒是見過許多日本月曆，都和櫻花有關，而且有一定的格式。印象中，左上角的近景是怒放的櫻花，中景是一條步道，遠景是白牆黑瓦的木造古城，約成三十五度斜角，巍巍矗立，線條優雅的墨瓦高聳，藍天白雲是補白，這是春天的象徵，花季處處都是這種景觀。

日本電影也常有櫻花的影子，譬如在滿園花開的城內，梳著髮髻的武士、滿臉精幹的主公面無表情地盤坐在ㄇ形的議事廳，神色恭謹的家臣分坐兩旁。突然，一個面貌猥瑣的探子慌張闖入，進門就跪下，匍匐到下首的家臣旁，窸窸窣窣一陣耳語。家臣聽完臉色一變，接著探子退下，家臣匍匐到主公面前，嘰哩咕嚕地報告最新軍情，主公臉色大變，火速發令，得令的家臣在嗨嗨聲中，不斷叩頭跪退，咚咚腳步聲劃破寂靜，神色緊張的武士不斷在房間和長廊間穿梭，空氣中一陣肅殺。驀地，一聲馬鳴，接著是的的的蹄聲劃破長空，一個武士、兩個、三個、四個……然後是成群的武士策馬狂奔，兩大藩的戰爭終於爆發，鏡頭漸行漸遠，最後畫面停住，左上角或右上角仍是盛開的櫻花，塵土飛揚中，幾朵花兒悄悄飄落……。

日人是否像我們一樣，習慣從櫻花、古城聯想到武士，不曾深究，不過和外國交流時，卻最愛送櫻苗，香港的黃大仙廟前就有幾支，烏來的雲仙樂園也種了一大片，據說是民國六十一年，名古屋的伊藤鷹九先生來台觀光，覺得烏來的水土適合植櫻，就送了一千株吉野櫻、五百棵梅花、五百棵栗樹。當時的省主席謝東閔特別留碑記述，如今求公雖作古，但櫻樹已然華蓋亭亭，矗立在春雨中的烏來。

由於對櫻花如此鍾愛，以至於花開花謝的尋常事，日本人無法等閒視之，每年花季是全國的大事，電視台費心捕捉從含苞到綻放的細節，從預測開花到花朵綻開的櫻情，是大家關懷的大事。當它怒放時，衆人愛在花下相聚，一杯濁酒、一口清茶，或閒話家常或嘆息人生，都賦予無言的櫻花，在勾魂攝魄的美景裡，寂寞的、悲傷的、跳躍的、喜悅的、鬱悶的心全得到安頓，塵世如有美滿，此刻卽是，如此美滿也令人窒息。爲了留住永恆，有人選擇自盡，讓生命在最美的一刻完結，因爲其他都是多餘，有人選擇搭火車，從南到北，從九州到北海道，追逐各地花訊，一路跟著春天跑，無情在花前自了，無間在月下逐春者，何妨學鄭板橋：取數頁賞心舊紙，放浪吟哦。將幾枝隨意新枝，縱橫穿插。花開花謝，我心自如。（二〇〇一）

深夜的邂逅

深夜散步，常有意想不到的收穫，如果你豎起耳朵、睜大眼睛、專心走著。

你會發現鄰家出走的女兒，摸黑偷偷進了門，一家人快樂地團圓，昏黃的燈光在黑夜中敞亮，溫暖的語聲不時從窗間傳出，你知道這家人的燈將會徹夜亮著，在離散的時光裡，彼此發生了多少事，都要在夜裡細細傾吐。有時是夜歸人，引起了屋裡人的騷動，或者是熱切的招呼，也可能是惡毒的詛咒，甚至摔碗碎碟的抗議，惹得鄰近的狗兒狂吠，就知道白天看來和睦的家庭，骨子裡並不那麼貼心，而形貌猥瑣、粗聲聒噪的夫婦，私底下卻彼此疼惜。夜裡雖然黑暗，有些事卻比白天清明，因爲人們不需要掩飾，事情就露出了本質。

當人們歇息的當兒，附近的貓兒狗兒可沒閒著，或蹲在門邊，防範宵小侵入，或躲在廚房的角落，全神盯著水溝蓋，提防鼠輩出現，準備隨時飛上去撲滅。當然也有藏在屋簷間，或窩在汽車底下休息、監視過往行人的閒貓。如果你經過的時候，衣著整齊、行止端莊，像個正人君子，而牠正好也心情愉悅，偶會友善地咪幾聲。或者，你會看到一團毛茸茸的東西，從天而降，趴地跳到汽車頂上，再像風一樣快速掠過，後面跟著一隻體型較大的傢伙，你追我趕，一溜煙的工夫，兩隻都不見了，然後你聽到粗礪的「喵吆」「喵吆」求偶聲，以及溫柔的「咪嗚」「咪嗚」回應聲，這些都是每天上演的戲碼。

在散步的道上，總會碰到四、五隻貓兒，大都匆匆走過、跳過、躍過、飛過，我行我素，鮮少理會行人，只有一隻小花貓例外。一開始，牠像教養良好的閨秀，只要叫喚牠，必定友善地咪應著，日子久了，彼此熟了，往往我們走近時，牠就在屋頂上咪咪叫著。

牠是一隻母貓，無論刮風下雨，再冷再熱的天氣，都把自己打理得整潔清爽，顏色是黑中帶點金黃，從鼻子、脖子到腹部卻是純白。大概是勤於洗濯的關係，渾身的毛呈現一種飽滿的亮麗，是一個乖巧又害羞的小妞。記得初識時，牠喜歡遠遠跟著，偶爾咪叫幾聲，顯示牠的存在。可是，只要蹲下來想和牠親熱，牠就皺皺眉頭，喵幾聲，表示知道了，再也不願意靠近，大概覺得保持距離比較安全。

偶爾帶點魚腥犒賞牠，逐漸建立起交情，聽見我們的腳步，或者聞到我們的味道，就從屋簷間，撲地跳下，尾隨我們走幾步，一路走一路叫著，我們也回牠幾聲，算是禮尚往來，互相唱和，一路前行。

這樣過了兩年，彼此更熟，牠的戒心也淡了，就開始跳下來，一邊叫，一邊用身體摩蹭你的腳，總要圍著你繞幾圈，才依依不捨地離去，但只要一蹲下來想撫摸，牠立刻驚嚇地躲開，不過並沒有離開，只是遠遠地站著，目送我們離去，可能不願我們進一步騷擾，又擔心再過去就侵犯到其他貓咪的地盤，只好杵在那兒。想來牠的勢力範圍只有那短短的十幾公尺，到底如何劃定界線，貓咪自有牠們的辦法。

繞腳摩蹭親熱了幾年後，最近有了新的進展，牠允許你蹲下來，摸摸牠的頭，不會貿然離去。確實，牠已經卸下心防，而且，每次經過時，不用招呼，就知道我們來，常常撲地一聲，從天而降，開始咪咪地喚著，繞著你的腳打轉，希望你輕輕撫摸牠。

說也奇怪，我們每晚散步的時間固定，大約總在夜裡十點到十點半，牠好像知道我們這時會造訪，就在屋簷間候著。

有幾次，故意挑在別的時間，經過那兒，就看不到牠的蹤影，是不是和人類一樣，也把作息時間排定，其他時段並不見客。到底整晚都在屋簷等待，還是時間一到才出現，耐人尋味。沒有鐘錶的動物們，是用什麼方法計算時間呢？如何區別白天和晚上？有時候天暗得快，有時候暮得遲，牠們都分得清楚嗎？

記得也養過一隻烏雲蓋頂的貓咪，全身只有四條腿和腹部是白色的，印象中，貓的背部無論什麼顏色，肚子總是雪白的。這貓咪也有識別時間的本領，大部分時候都在屋裡，這兒逛逛，那兒蹓蹓，可是每天下午五點半，我回家的時刻，無論天色是亮是暗，必定正襟危坐，兩隻前腳朝前趴在地上，黑背脊向上，尾巴恰如其分地圍著身體，頭部維持十五度仰角，盯著門把，等候我進門。事實上，我還沒掏出鑰匙，牠已經隔著門，咪咪地叫著，好像在說：「我知道你回來了！」「我很乖，一直在這兒等你！」想來，貓兒也是知道時間的，而且從不失約。

有時，我回來晚了，牠還是坐在那兒等，一直要看到我，才放心離開，牠判定時間的方法，不一定是光線的明暗，因爲天氣陰晴不定，春夏秋冬日落的時間不同，牠都能準時地等著，也許空氣中的濕度、聲音的靜噪等，都是研判的依據。這樣聰明的貓咪心思也是纖細敏感的，牠不能被責備，當牠不乖受到訓斥時，總是垂頭喪氣，耳朵垂下，眼裡露出乞憐的神色，如果再動手打牠，那怕只是輕輕地搧著，牠也會眼眶含淚，甚至淚流不止，這時除了摟著牠，溫柔地撫慰，不斷道歉，把過錯都歸於自己，還能做什麼。

這樣善解人意的貓，有一天突然不見了。周圍一千米的路口，所有的鄰居全問過，並沒有車禍發生。是走失了嗎？我不相信。被愛貓人抱走？不可能，牠並非對所有人都親近。最後，有位朋友告訴我：也許牠的大限已到，自己跑到無人的地方，

無論陰晴、日夜或是季節，牠總是準時地等著。

安靜地等待死亡。是耶，非耶，無論如何，牠從此消失，再沒回來。

隨後，養了一條博美和土狗混的狗，毛色也是金黃，但比較偏黃，沒有小花貓那麼亮麗。牠的毛很長，搖起尾巴時，像蘆葦在風中擺盪，眼睛像京劇裡的孫悟空，就叫牠大聖。大聖活潑漂亮又隨和，是鄰居小孩的寶貝，經常大老遠就「大聖」「大聖」地喊著，牠也搖著尾巴靠近。有一天，牠突然垂頭喪氣，蘆葦似的尾巴也垂下來，身子不停地顫抖，一直咳不停，吃不下也喝不下。帶去獸醫院，醫師診斷說：長了心絲蟲，是絕症，情況危險。每天要扒開嘴巴，用針筒把藥灌進去，雖然費心地照顧，但情況並未好轉，每天癱在角落邊，動也不動，到了蹓躂的時候，聽到狗鏈的聲音，往昔都會雀躍，此時卻愛理不理。

我們每天餵藥，一周看一次醫師，傍晚的時候，也會帶著牠出門，這樣不知過了幾天，有一天黃昏，拉著鏈子帶牠出來時，突然不停地哀嚎，猛用爪子抓頸鏈，我於心不忍就把鏈子解開，牠一溜煙地走了。平時解開鏈子的時候，牠總是飛快地跑掉，過一會兒就跑回來，這次卻是快步地走了，而且無論怎麼叫，都喚不回，在後面跟了一陣，只好獨自回家，總認爲牠會自己回來。

第二天一早，到後門一看，空蕩蕩的，沒有牠的蹤影，心裡就急了，騎著機車，到處問左鄰右舍，都說沒看到，擔心被清潔隊帶走，就跑到收容所，許多奄奄一息的流浪狗被關在籠子裡，大家擠成一團，身上沾滿髒兮兮的泥巴，不停地顫抖，見到生人，不斷地哀號，用爪子踢著蹬著。我在狂吠聲和喘息聲中，逐籠逐籠尋找，卻看不到大聖，又跑到安坑的焚化場去問，答說最近幾天並沒有狗兒送來，只好回家，猜想牠必和烏雲蓋頂一樣，跑去無人的地方自了。果然，再也沒牠的消息。

牠的食盤、水盆、鏈條和針筒，一直擱在陽台的角落，好幾年捨不得丟棄，總期盼有那麼一天，再度聽到牠喘氣的聲音，再看到那叢金色的蘆葦，不停地搖著。

動物是如何參悟天機，知道生命已到盡頭？知曉以後，都想些什麼？竟不是向主人做最後的邀寵，而是孤獨地離開。最後歸天的地點，到底如何選定？是人跡罕見的深山、幽靜的溪谷，還是漆黑的山洞，保證沒有人會打擾？或者走到力竭的時候，也就了了，還是像人類一樣，在最後的一刻，會看到一道強烈的白光，向那光芒直直走去，不再回頭，就過了奈河橋，進入冥界？

幽冥之說，未必可信，然若無冥界，牠們離開主人又去哪裡？悽悽惶惶地出走，只是想孤獨地離去，開始另一段旅程？孔子說：未知生，焉知死。可牠們既知生，也知死，大限到來時，還坦然面對，比人們瀟灑多了，我們每天都在算計分分秒秒，電腦的運算愈來愈快，可就算不出心臟會跳到什麼時候，整天在枝節上打轉，能說比貓狗聰明嗎？（二〇一二）

失蹤四帖

之一

住家附近有個水果攤，由一對年輕的夫婦經營，一開口，就流露來自海口的鄉音，後來才知是從雲林偏僻的漁村來的，攤檔除了水果外，還有塑膠網一袋袋分裝的大蒜，都是個頭小但辛辣無比的莿桐蒜，還有來自雲林沙地，堆成小山出售的帶殼花生。

老板長得瘦小，眼神卻很靈活，講起話來，聲音細細柔柔，沒有市井的粗魯，倒有幾分讀書人的斯文，不時露出靦腆的笑容，羞赧的神情有著鄉下人的純眞。他太太剛好相反，雖然並不高大，卻長得結實厚重，常年穿著耐髒的黑色套衫和寬鬆長褲，也不塗脂抹粉，一頭長髮隨意綰起，經常有幾撮掉下來，遮住眼睛，時不時就用手去撩撥，露出渾圓的臂膀。她的皮膚黝黑，走起路來，虎虎生風，遠遠望去，像一座黑色鐵塔，但走近交談，就發覺她的聲音悅耳，低沉又帶磁性，水果如果品質不好，她會據實以告，大家都喜歡光顧她的攤子。也許因爲體型的關係，客人總覺得她才是當家的。事實上，水果的確都是她一箱箱扛來扛去，丈夫就站在攤子旁，或坐在板凳上看著她幹活。

有時熟客發現她丈夫不在，會禮貌性地問：先生呢？回說：「辦貨去了。」果然不久，就又發現她丈夫坐在角落旁，看著她忙進忙出。

不過去年夏天以後，再沒見過她丈夫，只見她一個人扛著沉重的箱子，臉色暗沉，雖然還是客客氣氣的，但神色有些僵硬，聲音帶著沙啞，失去原來的磁性。攤上的水果變少，賣相也差了，金黃色的愛文失去嬌豔的容顏，表皮長滿黑斑，卻仍擺在明顯的位置，木瓜已經乾癟，脫水如老人的臉孔，蒼蠅嗡嗡地飛，她也不理會，只是無精打采地趴在攤上打盹，或是倚著水泥柱發呆。隔不多久，一雙兒女出現了，兒子是國中生，個頭不小，卻滿臉稚氣，女兒是小五、小六模樣，兒子幫忙幹些粗活，女兒幫忙結帳，她卻經常不在，問去哪裡了？兒女回答說：「去批貨了。」其實，除了批貨，她還兼做附近的資源回收，常看她從附近的超商出來，手裡拖著大大小小的紙箱。

一天，趁無人光顧的時候，忍不住問她：「怎麼好久沒看到妳先生？」她木然回說：「退休了，回去了。」隨即把眼睛轉向別處。我心裡顫了一下，雖然並不意外，一時卻說不出話來，只好訕訕地走開。

之二

有些人退休是從人生的舞台消失，有些人只是離開工作的場所，幸運的人華麗地退場，有同事們熱情相送，有錦旗金牌做紀念，彼此留下手機電郵，隨時可以聚會懷舊。但多數人是靜悄悄地走，像枝頭棲息的小鳥，一聲不響就飛走了，消失的剎那，人們才憶起牠曾經存在。那天去市場，發現熟悉的醬菜攤不見了，就是這種感覺。

記得是銜命買醬瓜回家料理獅子頭，豬肉已經絞好，肥瘦適中，紅蘿蔔也買了，大小剛好，豆腐拎在手裡，近得醬菜攤子，卻發覺空無人影，攤子上垂吊一塊紙板，寫著：「退休了，感謝多年的光顧，感恩。」這個終年難得休息、寒暑晴雨都在潮氣陰濕、滿地汙水的市場起早趕黑的攤子，終於也到了歇息的時刻，在十塊、二十塊的交易裡，積攢生計的老實人，是那樣辛苦地造就你我生活上的便利。那黃色的麵筋、翠綠的小黃瓜、紅色的福神菜，今後不知要到哪裡，才能配齊？

那晚，全家人吃著沒有醬瓜提味的獅子頭，不由得想起醬菜攤的老板。回想起來，竟忘了他的模樣：好像不到六十歲，或者已經過了七十？似乎留著平頭，又像梳著西裝頭，都穿什麼衣服呢？像是黃色的套頭上衣，夏天著短袖時，臂上的老人斑就裸露出來……。這是記憶的全部了，姓名，是不會知道的，一個無名無姓的人悄悄退場了，雖然無聲無息，但總算從容，這是一種福分，因爲許多人步下舞台時，腳步是踉蹌的，神態是悽惶的，多麼害怕別人發現他的存在。

之三

一個深秋的下午，去探望遠方罹病的長輩，門一開啟，屋內的陽光就斜映出破舊的塑膠地板，大四方格的膠板有些已經脫落，底層灰黑的水泥狼狽地見了光。長輩揹著尿袋、佝僂著身子，顫顫巍巍，勉強拉開鐵門，臉色蠟黃，臂上還有指甲抓撓的痕跡，一旁是他失智多年、精神有些失常的老伴，大家勉强擠出笑容，往沙發上一坐，相對竟然無言。來訪之前，打了無數次電話，無人接聽，從其他親友處也查問不到，心裡一急，才貿然上門，來了，才發覺本不該來。

人可能都有那麼一天，只想和家人在一起，甚至連這僅有的相處也嫌多餘，只是無力擺脫，只好一起將就著受苦。不想見任何人、不想說什麼話、不想做任何事，因爲言語和行動都是多餘的，無法改變什麼，也不能說明什麼。生活是一種慟，而慟是不適於與人分享的，所以選擇從世上消失，想忘掉所有的人，也希望所有的人忘記自己，唯一的希望是活在世上，卻和任何人沒有聯繫，也許其實想離開塵世，只是不知如何行動。

此後，我對於失聯的親友就失去了接觸的熱情，擔心這種熱情只是一種不體恤的粗魯，是對別人平靜生活的騷擾。我怯於打聽某人現居何處？近況如何？體會到很多事都無可奈何，每個人都有失蹤的自由、有不問世事的自由、有享受安寧不做無謂回答的自由、有無須強顏歡笑的自由。最好的方式就是消失。

之四

南部有位長輩就這樣失蹤了。他把存摺、印章、權狀都擺在明顯的位置，一個人出了門，一天、兩天過去，所有的電話都打過，找不到人。三天後，家屬報了警，一個禮拜後，家人找上媒體，在電視、報紙和雜誌刊登尋人啟事。一個月過去了，日子在煎熬中度過，光陰可還是照常輪轉，用冥紙送走好兄弟不久，就迎來中秋的明月，才嚐過文旦和月餅，很快就要趕辦年貨，然後團圓圍爐，過完元宵，又是新的一年。

在重要的節日裡，遠遊的親人會突然出現的情節，終究是小說才有的橋段，現實世界裡，等到的常是空蕩的座位、沒有動過的碗筷，希望總以惆悵終結。兩年、三年、四年……七年過去了，到了法律規定判定死亡的期限，還是不見蹤影。十五年過去了，家屬終於到警察局、戶政所、地政所辦了相關手續，這個長輩終於在法律上也消失了。但印象中，大家依稀記得十五年前，他失蹤之前，和孩子們的對話、最後晚餐的菜色，那是極普通的家常菜，有煎得焦香的虱目魚肚、黃色的菜脯蛋、蒜炒空心菜和一盤紅燒豆腐，上頭散著爆香的蔥白，他出門時穿的赭紅色夾克，還有慣騎的機車。懷念令人心酸，不過如果時光倒流，回到當年情境，他是否會選擇繼續和家人在一起？這個問題沒有答案。（二〇一五）

解脱

招租的紅紙條貼了許久，鄰居的房子終於租出去了。知道它租出去，是因爲紙條已經不見，晚上經過時，又發現屋裡亮著燈，可見有人搬進來，但住了什麼人？何時搬來的？卻一點印象都沒有。

通常新住戶搬來，大噸位的貨車會占住巷道，沙發、電視、餐桌、衣櫥等大型家具，先從車上卸下來，堆在角落，再一件一件搬上樓，總得一兩個鐘頭，才能做完。有時候，貨卡進來，還要麻煩左鄰右舍移動車子，好讓他們停在最方便的位置，搬起來利索些，往往這個時候，引擎發動的聲音、汽油揮發的臭味、工人吆喝的聲音，總會驚動一兩個住戶出來探問究竟，只要有人發現，大家遲早會知道是誰搬來。有人悄悄搬來未被察覺，是件不尋常的事，大伙暗暗好奇，到底住進來的是什麼人？

每天傍晚五、六點鐘，清潔車搖著鈴，挨家挨戶載運垃圾的時候，這家人一樣鐵門深鎖，毫無動靜，只是三不五時，有一堆小小的垃圾袋，拋置門口。什麼時候放的？什麼人放的？大家都不知道，唯一確定的是，裡邊的確住了人。

日子久了，好奇心漸漸淡了，不再猜測這位神祕的芳鄰，但都慶幸搬來的是安靜的人家，既不會三更半夜喧譁，也未飼養寵物，一天到晚吠個不停，也沒三天兩頭熬煮臭豆腐，熏得人無處可逃。是安靜、自制又有教養的人家，大家心裡都這麼想。

一天早上，清潔車才清走第一批垃圾，哦咿、哦咿的聲音，突然劃破了周遭的寂靜，一輛由附近醫院開來的救護車，進了巷子。好奇地掀開窗簾一看，車子就停在鄰居的門口，他們家的兩扇鐵門全部敞開，隨後一張擔架床，從客廳被抬出來，躺在上頭的是一位老翁，瘦骨嶙峋，蜷縮在擔架上，被皮帶五花大綁固定住，身上吊著點滴，鼻子也插著導管，旁邊跟著年輕的外傭，和一位看似家屬的中年男子，一起招呼他上車。這才知道，原來住了一位重病的老人，還有照顧他的外傭，至於老人的家屬，周末早上偶爾見他踩著腳踏車過來逗留片刻，看來是探病，也只有探病或急救的時候，才會出現。

病人和外傭相依爲命，可他們如何安排三餐，大家都想不透。病人顯然需要全天候照顧，外傭又如何分神去打理三餐？又怎能丟下病患上市場買菜？年輕的家屬沒住在一起，使這個家像間私人的療養院，有專屬的病房、專職的看護，雖然沒有醫護人員，但大部分的療養院不也如此？何況，這兒離醫院近，救護車隨叫隨到，非常方便，看來是個精打細算的人家，所有的狀況都已經設想到了。

救護車來了一次，就會來第二次、第三次。漸漸地，大家也都習慣了哦咿、哦咿的聲音，偶爾會看到病人躺在擔架上，被抬進抬出，從客廳移到救護車上的十幾公尺，是唯一見得到天光、呼吸到新鮮空氣的機會。其餘時間，都躺在屋裡，對著日光燈，聽著陌生的旋律，一種奇怪的聲音，像印度的音樂，又似回教的樂曲，簡單的節奏不斷重複，像教徒的禱歌，又像遙遠的異鄉情歌，迷迷離離、窸窸窣窣，從屋裡流洩出來。有時，在半夜，當病人已經入睡，外傭也想輕鬆一下時，音量就會失控變大，惹得鄰居出面抗議，外傭就訕訕地，躲在裡邊隔著窗子，用生硬的國語，一直說對不起、對不起，這是他們發出的唯一的聲音。

一個悶熱的下午，梅雨天氣，濕度重得黏人，地上還殘留著雨水的痕跡，照例又有一部像救護車的大型車停在巷口，這回是深藍色的廂型車，後門已經敞開，車內留著長長的通道，是放擔架的地方，可是右手邊卻擺了一盆鮮花，旁邊還有幾串念珠，車上也沒有點滴架，讓人心裡一陣悸動。走到前頭一看，果然是一部像救護車的靈車，前座車窗旁，還擺了一塊壓克力板，白底墨字寫著「執行公務遺體清運中」。病人歸天了。

靈車的引擎已經關掉，司機不見蹤影，鄰居的鐵門又全部敞開，一個穿著黑衣服的婦人，揑著手帕，坐在沙發上啜泣，兩個男的站在裡面房間，一個倚著牆，一個用手撐住門框，正低聲商量著後事，生前盼不到的親人，這時一一趕來送別。不久，遺體被抬出來，全身用白布罩住，隱約看得出身體的形狀，微風拂過，布罩跟著飄動，彷彿他還在呼吸起伏，旁邊的人也拭著淚，把遺體推上靈車，家人陸續坐上開來的車，也都走了。想來還是惦記他的，當他斷了氣，再不需要照顧的時候，親情就恢復了，責任終於了了，大家都鬆了一口氣，過往溫馨的生活點滴，重新回到記憶裡，想到真要生離死別了，淚便潸然落下。

隨後幾天，這家出入的人漸漸多了，年輕的小伙子也來了，少男少女相繼來致哀，輕聲細語和偶爾傳出的腳步聲，爲這家帶來了朝氣，原來還是兒孫滿堂呢，可惜無福消受了。門口的垃圾慢慢多起來，吃過的便當盒、老人用過的紙尿布、尿桶、舊衣服，陸續被拋出門外，所有和他有關的東西，都一一被清除，現實世界不像電腦那麼方便，只要按個鍵，就能清除所有，需要一件一件丟，再點把火燒掉，當一切化爲灰燼，才算了了，所有的牽絆消失，亡者踏上旅程，生者回歸現實，大家都解脫了。（二〇一一）

轉眼分離乍

前往溫泉鄉的路上，有一家很大的醫院，一家遠近馳名的醫院，旁邊連著一條熱鬧的街道，街上的商鋪生意興隆，店家的騎樓也擠滿攤販，有賣絲襪、手套、新疆餅、鞋墊、眼鏡的各種攤子，人群熙來攘往，往往要側身相讓才能通行。

其實這家醫院是座落在一條並不寬敞的路上，由於門前留出大片空地，闢為氣派的廣場，建置了走道、迴廊、涼亭、石椅和草坪，盡頭才是幾棟巍峨的大廈，遼闊的縱深造成懾人的氣勢，路過的行人只能隔著廣場，從遠處眺望這些幾乎和藍天白雲連成一氣的摩天大樓。儘管正門入口如此宏偉，或許為了病患的方便，人氣最旺的診療室卻被安排在側邊，倚著一條狹窄的馬路，對面是兩排老舊的店鋪背靠著背，A字形地交叉一起，像支插進街心的矛，矛頭有紅綠燈，燈邊有家葱油餅店，店口有個直筒形的烤爐，不時冒出灰濛的煙，老板時而拿起鐵鋏伸進爐裡，夾出熟餅，攤在不鏽鋼的盤子上，葱香和餅香裊裊飄散，夾在過往車流的汽油味裡，在空氣中蕩漾。

餅鋪隔壁是賣血壓計和各種補品的藥房，接著是香氣四溢的鵝肉店、臘肉行、自助餐廳、豆漿店、成衣鋪、家用百貨店，這種店蒐羅各種生活用品，從口罩、髮夾、拖鞋、臉盆、內衣到洋傘，應有盡有。這條熱鬧喧囂的街道，因爲人潮和車流擁擠，隨時會被塞爆，讓大家動彈不得，特別是一有公車經過，路就幾乎被塞滿堵住。騎樓下更是人潮洶湧，各種食肆和店鋪，令人目不暇給。不過繁榮是醫院造就的，病患愈多，街上愈熱鬧，這榮景讓人有些悲涼，可想到附近的商家靠此維生，頓覺得世事一細究，都透著淒涼。

人們或來探病、求診或照顧住院的親人，每天必得經過這兒，有時是趁著等候的空檔，到這兒散散心、透透氣，或者補充日用品、吃點東西，再回醫院照顧病人，那

人們要隔著街才能仰望這家醫院（上）；在離別的感傷裡，現實的華麗宛如雲煙（下）。

是煩累的工作，需要愛心、耐心和體力。有些老人不過染了風寒，久不見癒，到這裡詳細地檢查，卻發現肝功能指數過高、胃部有不明硬塊、腎臟機能衰弱，就像老爺車進廠保養，原只想換個火星塞、清清油路，哪知引擎蓋一打開，卻發現這兒鏽了、那兒爛了，折騰半天，僥倖者把車修好了，運氣差的，車子就報廢了，好比人一住進醫院，就躺在病床上，這兒檢查，那兒照照，從此失去知覺，在受盡折磨，也讓家人飽受煎熬之後，就走了。

有些幸運兒，本來疑心暗藏隱疾，譬如腫瘤，哪知化驗結果，只是輕微發炎，吃幾天藥就好；有些人一直身體不適，卻查不出原因，只好來這裡徹底檢查，它的診斷就是最後的判決，沒得上訴。如果醫師說沒病，你就歡天喜地恨不得抱住他親吻；說你哪裡有問題，那可得小心應對，因爲再沒一家醫院的設備比這兒齊全、再沒一家醫院的醫師比這裡多。

病人千百種，醫師也是形形色色，年輕的好比先鋒部隊，在戰場的最前線衝刺，負責檢查和手術。年長資深的像指揮官，只負責看診判斷，在背後運籌帷幄。這裡也像部隊般階級分明，穿上白袍、昂首闊步的是醫師，是將軍，所有的人都得配合他的指令。著白上衣、白長褲的姑娘是護理師，她們聽命於醫師，一個口令一個動作，病人可不可以拔管、能不能進食、准不准出院，醫師說了算，哪怕病人只剩一口氣，醫師說要拔管，她也就「噗」一聲把管拔了，哪怕病人已經會跑會跳，說不准出院就是不准。

護士的下屬是穿著藍色制服的服務員，他們做些簡單或粗重的活，譬如把堆積如山的病歷推到診療室；或把病人從二床移到三床，從A大樓搬到B大樓。別看他們層級低，穿梭在診療室和病房之間，看著名式各樣的病人，聽著這樣那樣的交談，時日久了，也成爲半個行家，知道甲醫師喜歡開刀根除、乙醫師偏好藥物治療、丙醫師用紅藥丸控制肝指數、丁醫師用白色藥片治胃液逆流。病人由著他邊推邊聊，不久會發現他的猜測全對。

藍制服下面的是著黃色制服的技工，他們是最底層的工人，負責清潔打掃、整理病床、清理茶水間、分送餐盒到各病房。他們的上級是護理師，但這批技工也不能輕易得罪。就說清理病床吧，可以慢條斯理做，也能快手快腳地打理，一來一回間，病人不是受累，就是受用。有時候也許嫌工作骯髒，故意姍姍來遲，病人只好忍氣吞聲地等著，但大部分時候，他們任勞又任怨。

不論是醫師、護理師、服務員或技工，都由兩棟巍峨的大樓管理著，大樓不但外表氣派，內裡的格局也講究，中庭、迴廊、綠地，或三角形、菱形或圓形，蜿蜒曲折，寬敞中顯著霸氣，處處感受到當初規劃的雄心，但這麼多年發展的結果，遼闊的長廊和中庭，少有人流連，病人進出頻繁的診療室，反而有些侷促擁擠。由於它的知名度和背景，這兒的職員對於求診者，有時就顯出傲氣，你問X光室在哪裡，他把頭轉一下、嘴角向右撇一下；問他病房能否重新安排，答說：「沒辦法，是醫師安排好的。」接著擺擺手：「下一位。」

醫院的病人也分好幾種，有些是普通的病患，老老實實地掛號就診，希望得到精確的治療，默默地住院，低調地出院。有些是退伍軍人，他們的素質參差不齊，溫文儒雅的令人如沐春風，一再感謝醫護人員的照顧；有些則粗魯霸道、滿口髒話，稍有怠慢，就三字經、五字經全部出籠，非弄得家人無比尷尬，方才噤聲。

有病友自稱河南人，但堅持祖籍是山西，說是大槐樹移民的後人，當初是朱元璋強迫他們遷移到河南。這段著名的歷史公案，竟在這兒找到見證（注）。龍應台《大江大海》的故事，這裡隨處可以找到題材，而且時間的縱深更大。不過儘管離鄉背井，他們在醫院可都是寵兒，沒有親人，專屬單位也會安排專人探望，聽病人嘮叨，解除寂寞。有些卽使在醫院，生活依然講究。

有一天，病房裡來了一位理髮師，爲一名癱在床上的病患理髮。他提著一個空塑膠桶，裡頭裝著各種工具，先用大的塑膠布把病人蓋上，只露出腦袋，然後取出工具，咔嚓咔嚓地剪起來。最困難的是洗頭，他必須把病人的頭套上不鏽鋼製的頭套，它像個凹槽，有點斜度，洗髮水就順勢流入水桶。換過幾次水，頭已經洗好了，再刮刮鬍子、修修鬢角，拿起鏡子一照，雖然仍躺在床上，心情卻舒暢得多，人也清爽起來，開始哼起小曲：「漫……搵……英……雄……」邊唱邊模仿胡琴，「嗳嗳，嗳啊里哥，嗳啊里哥……」曲子有些悲涼。等他歇口氣的時候，遞張紙條問是什麼內容，他一邊哼唱，一邊寫道：

漫搵英雄淚　相離處士家
謝慈悲　剃度在蓮台下
沒緣法　轉眼分離乍
赤條條　來去無牽掛……

唱的是〈魯智深拜別山門〉。看他邊寫邊唱，我也迷住了，「轉眼分離乍」在這裡感受特別深刻。許多人的生命在這兒終結，心不甘情不願地離去，遺體放在太平間。體面地在醫院附設的教堂，辦了追思會，典禮當天，車水馬龍，黑頭轎車一輛接著一輛，穿著黑西裝、打著黑領帶、戴著墨鏡的來賓，魚貫而入，安魂曲從遠處隱約傳來，車陣把附近的路口都塞爆，等到車潮稍緩的時候，你知道又有一個要人走了。若是一般人往生，則由靈車直接把大體運走，存入冰庫，再擇吉大殮，在道士們「嗚、嗚、嗚」的法螺聲中、尼姑們「驫、驫、驫」的木魚聲中，被送到奈何橋。

死者走了，生者就離開了醫院，這裡曾經是希望的寄託，如今絕望了，一草一木都含著悲情，令人憶起深夜的呻吟和最後的凝視。但日子總要過下去，他們離開醫院，經過蔥油餅鋪、西藥房、走過滿是燒餅攤的騎樓，再經過附近的服飾店，耀眼的布料五顏六色地掛在櫥窗內，在生離死別的哀傷裡，不過是一種顏色的點綴，像街上所有的景物，在眼球上一閃而過。接著看到捷運車站，取出悠遊卡，嗶地一聲，閘門開了，新的旅程開始了。（二〇一二）

注釋

明初大槐樹移民是指洪武三年（一三七〇年）至永樂十五年（一四一七年）的移民，當時先後數次從山西的平陽、潞州、澤州、汾州等地，中經山西洪洞縣的大槐樹處辦理手續，領取「憑照川資」後，向全國廣大地區移民，原因是元末戰亂之後，山東、河南、河北一帶人口稀少，當時是按「四家之口留一、六家之口留二、八家之口留三」的比例遷移。

手術檯上

手術那天是海島典型的仲夏午後，街上豔陽亮得刺眼，又悶又熱，行人像蒸籠裡的蝦被蒸著烤著，走到哪裡，皮膚都曬得發燙。柏油路被融得濕濕黏黏，像嘴裡嚼的口香糖，熱氣不斷往上冒，地面迷迷濛濛地罩著一層氤氳，這是從外頭進來的家人告訴我的。我當時躺在空調良好的病房，享受怡人的二十五度室溫，正和家人有一搭沒一搭地聊著。穿著藍色制服的服務員推著床進來，和護理師兩人合力抓起床單的四個角，一把把我提起來，放到推進來的床上。我乖乖躺著，由著他推走，經過兩道長廊、聽到醫護人員的交談，還有提著點滴的病人拖鞋走動的聲音，電梯進進又出出，終於到達手術房門口，我被安置在廊邊，等候被點名推進去。

如果你曾經動過手術，會有這種經驗：一動不動地躺在床上，好像被關進鐵籠裡的雞，眼神茫然地四下張望，透過鐵網的間隙看著被圈住的世界，偶爾咯咯咯叫幾聲，表示自己還存在，可沒有人在乎你存不存在，你不知會有什麼事發生在自己身上。終於那一刻來了，雞販的手伸入籠子，把你抓出來，拔掉頸上的毛，按在砧板上，動起手術來，我此刻的心情就像那隻雞。雖然，我被推出病房時，輕鬆地跟女兒講：放心吧，沒事，別怕，老爸什麼事沒經歷過。嘴裡這麼講，其實還是有點擔心，但不是害怕。因爲我已經做了些準備，我不怕死，只擔心她們受不了。我知道手術總有風險，預留了遺囑，交待把房產留給老婆，算是我的一點心意，還把郵局的二十萬元提出來，用信封套裝好，藏在她最心愛的鞋盒裡。我女人是細心的人，我每天口袋裡有多少錢都瞞不過她，她遲早會找到，這些遺產當然有點寒酸，但她一定能諒解，像我這樣奉公守法的上班族，已經竭盡所能照顧這個家了。想想看，美國還有一千一百萬人的房子是負資產，我們不能算是最差的。

如果手術成功，能再多活幾年，相信可以留下更多錢，但這一點，我不便寫在遺囑上，一來它生效的時候，我已經去見閻王了，說了等於白說。二來過去我保證過的，最後總是無法兌現，像曾經保證在二〇一的豪華餐廳為她慶生，享用高級的懷石料理；曾經保證結婚二十周年的時候，送她一只兩克拉的鑽戒，都因為種種原因，無法實現。體恤的她就說：以後不要再保證什麼了，不要給自己太大的壓力，只要對我好就行。我愧疚地點點頭，從此不再保證這個、保證那個，但我天生是個負責任的人，你不叫我保證，我還是在心底暗暗保證，只是沒說出來，這就造成了壓力，當它蓄積到某種程度，便鬱結成疾。

我的心臟病大概是這樣引起的，它是一種體面的疾病，電視和小說裡的重要人物，不都在緊要關頭心臟病發作，痛得用手捂住胸口嗎？它不像有些病羞於啟齒。想想，我雖然一輩子卑微，但得了這病，也算風光，雖然別人是積勞成疾，我是積憂成疾，但無論如何，我得了嚴重的心臟病，這就是我躺在這兒的原因。

終於廊邊的門開了，我被推進手術室，啪地一聲，天花板上十幾盞燈同時照向我，有點像選舉時造勢舞台上的探照燈，這種舞台總統府前的廣場常常見到，我每次經過時總想：這些燈要耗多少電啊！手術房的強燈照得我張不開眼，也許這就是許多人說的，人要走的時候，都能看見的白光。我瞇著眼瞥見幾個人在我的身邊匆匆移動，他們都穿著淺藍色的袍子，一種沒有扣子的衣服，戴著口罩、帽子，看不清容貌。其中一個靠向我，好像要同我說話，沒等他開口，我就自報姓名：我是劉國昌，來做心臟手術的，主治醫師是蔡某某。旁邊的人都笑了，說道：「放心，病床有你的名卡，手腕還繫著名條，不會搞錯的。」不會錯，最好。我就是怕出錯，連嬰兒都可能抱錯，我可不想腎被割掉一個，小心謹慎總是好的。

一位像是醫師的姑娘，後來才知道她是麻醉師，走到身邊，輕輕拍著我的手臂說：「劉先生，現在給你打麻醉藥，有一點點痛，很快就好了。」我點點頭，我能說不嗎？我的袖子被捲起來，看到一個長長的針筒，像一根尖矛向我逼近刺來，我啊了一聲，針已經扎進去。我知道這種針通常很快就注射完畢，正想按照護理師平時的囑咐，勻出一隻手來按住針孔，人已經昏了過去，失去知覺，可又覺得似乎還有知覺，甚至比平時更清醒，否則怎麼會知道自己沒有知覺呢？我覺得我躺在床上，但又像是飄浮在空中。

我看到我的臉，從來沒有像此刻這樣清楚，比對著鏡子看的時候，更清晰，五十多年的滄桑都留下痕跡，經歷過的挫折、享受過的喜悅、過去的煩惱、現在的擔憂，一一記在臉上，如果被馬奎斯看到，準能寫出一部曲折的魔幻小說。我也看到我的身體，不過它被毯子密密蓋住，只露出一點輪廓，有四個人圍著我，我的身體被切開了，血汨汨地流出來。

「噯唷！」我大聲驚叫：「不要開刀，我不要開刀，太可怕了！」可是他們好像全聽不見，繼續拿著刀子，那種早餐時塗牛油用的刀子，在我的身上進進出出，我還看到鉗子、紗布，還有他們低聲的交談。他們殘酷地在我身上繼續折騰，那情形慘不忍睹，可是躺在床上的我，竟毫無知覺地睡著。我大聲狂叫：「笨蛋、笨蛋，還不快醒過來，他們會弄死你！」可是你並沒聽到，繼續睡著，我走過去擰你的臉，你還是睡著，我拍拍你的面頰，啪啪地拚命拍，你還是動也不動，我猜你大概已經走了，

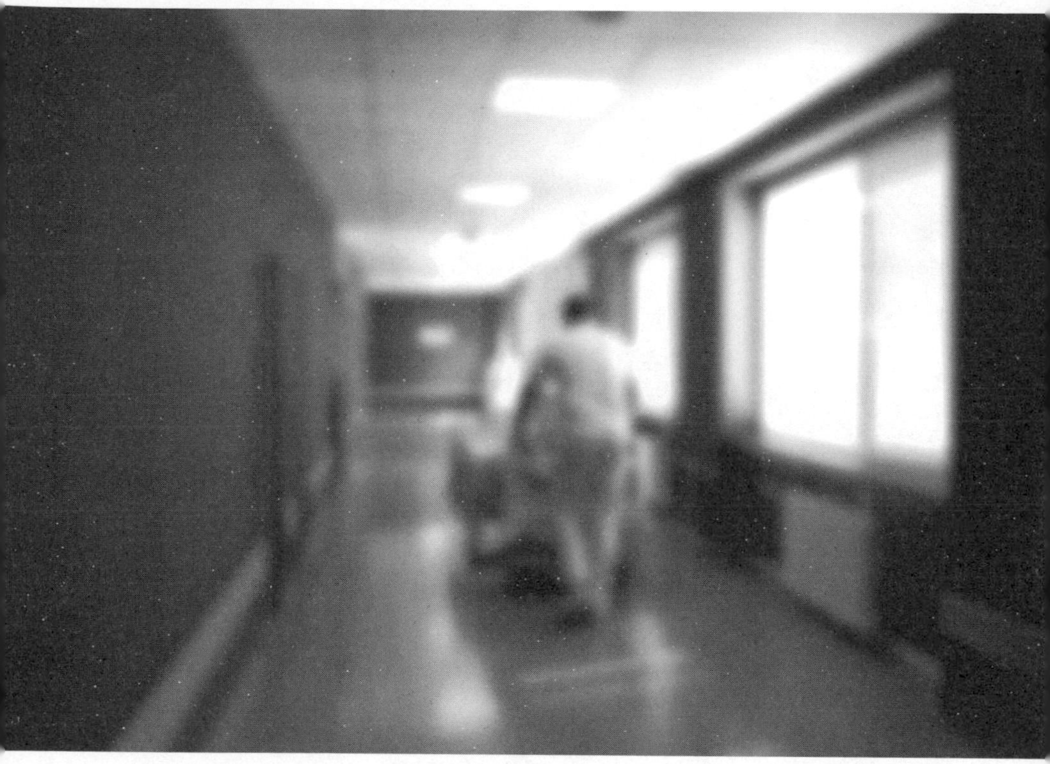

我覺得我躺在床上，但又像是飄浮在空中。

探探你的鼻息，還緩緩吐著氣。我想：你可能走了一半，所以有鼻息，沒知覺。

我知道你一向走得慢，這個缺點現在變成優點，我一定得在你沒走出世界以前，把你喚回來。我想進去你的身體，卻不知道如何進入，只好蹲在你的身邊，撫著你的臉頰，這才發覺它像月球表面一樣，坑坑疤疤，你那賢慧的女人經常勸你多吃水果，一天至少吃四、五種不同顏色的水果，皮膚才會光潤，可惜你不聽，每天隨便吃兩口。你又偏好紅燒蹄膀、東坡肉、美國牛排，各種又油又香的東西，終於造就了今天的容貌。我很納悶，你不是每天都照鏡子嗎？怎麼沒發現皮膚成了這德性。

我知道你的皮膚不好，但志向是高的。小時候，你曾立志當牛頓，長大後，才知道只能賣牛肉麵，但你的富貴手又不堪油膩，只好去應徵小職員。

說起牛肉麵，和你家可有些淵源。並不是說你們賣過牛肉麵，而是說你生在廚師世家，你的父親、二叔、三叔都是廚師，特別是你父親，十六歲就在酒家掌勺，號稱是縱貫線最年輕的大廚，除了牛肉，但凡和漢料理、點心甜食、粿粽糕餅、大宴小酌都難不倒他。二十歲就出來創業，經歷過兩次大戰，做過小販、開過餐廳、旅館，你是在餐廳的油鑊霧氣裡、鍋鏟乒乓聲中長大的。可是你父親不忍心你和他一樣，一生消磨在油煙裡，就讓你選擇另外一條路，只是他萬沒想到：廚師，尤其是好的廚師，在今時今日可是社會的寵兒，收入比起坐辦公桌的你，那是天差地別。電視台和雜誌社經常訪問他們，有人光是做條吐司，就發了大財，成了國寶。

你有些後悔當年沒在廚房學藝，卻跑到城裡讀書。年復一年過去，有時不免會想，如果繼承父業，或至少承襲他的技術，人生會不會更精采？你可能成爲會捏壽司的將太或者鼎鼎大名的鬍鬚張。說實在，他的滷肉飯比起你父親的，可差遠了，但你終和滷肉飯無緣，和牛肉麵也失之交臂。你在一家小公司辛苦地鑽營，學會了Order、LC和Sample，在GDP成長百分之十的黃金年代，意氣風發地接了一筆又一筆訂單：像五千個電鍋、兩萬台電扇、十萬支吹風機、五萬打洋傘……，你開著卡迪拉克房車，受到銀行和工廠的奉承，在同學會裡出盡風頭。

可惜兩伊戰爭開打了，一切灰飛煙滅，信用狀變成廢紙，只能拿來摺飛機，銀行和工廠全變了臉，財富化歸泡影，一切如夢似露，只留下一屁股債，終究只能眼睜睜地看著別人起高樓。同學們有的買房置地，有的當起上市公司的老板，有的賺了幾億身家，有的是建設公司的負責人，城裡到處是他的大樓，還有每天在各國穿梭、輸贏以百十倍計的創投大老，以及叱吒風雲的政壇高層，當初不都在同一個學校混的嗎？

你一生辛勤卻難上青雲，你百思不解，其實是故作懵懂，你知道成功要用汗水灌溉、用血淚耕耘、用謊言施肥，用冷血做農藥，把害蟲殺死，怎能期望不施肥沒農藥的作物會長得甜美？可惜你講究原則，總認爲骨頭裡拚出來的，才能心安理得，做起事來也就瞻前顧後、拖泥帶水，難怪一生鬱鬱寡歡。

你立志做大事，但終究一輩子庸碌。唯一值得一提的，六歲時被打了一拳，因爲個子小，不敢還手，等到十六歲的時候，才又找到對方，痛毆了一頓。君子報仇，十年不晚，書本上還沒教，你卻早就會了。你年輕的時候，曾威脅要將神像拿來當柴燒，氣得你的母親拿著竹竿在街上追打。你少時有些叛逆，其實個性是溫和的。你這一生乏善可陳，不斷想了解自己，總以爲知己知彼，才能百戰百勝，等到你終於對自己有些了解，人生已經過去大半，了不了解都無所謂了！你眞是個書呆子，你以爲成功的人都了解自己？眞是笑話。

你創過業、換過四個工作、結過兩次婚、開過兩次刀，做過一些小小的善事，像在捷運上讓座、在十字路口買花濟貧；你也經常撒些無關痛癢的小謊，譬如向人炫耀你在公司有多重要、大學的成績有多好。年輕的時候，你長得也算可以，可有些姑娘就是不睬你，同樣地，你也辜負了某些人的情意。人生好像就這麼回事，你虧欠人家一點，別人也虧欠你一點，加加減減，一生就過完了。欠別人多些的是壞人，別人欠你多些的是好人，如果大家都欠你，那你就是偉人、聖人，如果都不拖不欠，那你眞是賢人，竟能把人情拿捏得如此精準，不吃虧也沒占便宜，或者你是閒人，既沒愛過別人，也沒恨過別人，沒有恩人也無仇人，世上既不多你一人，也不少你一人，閒閒地，你度過了一生。

你有一雙迷人的眼睛、一道挺直的鼻梁，雖然現在眼袋已經塌陷，臉上肌肉有些鬆弛，但依稀可見當年的英挺，不過這點無論怎麼說，女兒總不相信，她以爲你生來就是這副殘相。

她不知道當年你走在海灘上，總引起路過姑娘的側目，風流曾經是你生活的印記，你永遠忘不了那個夏天的晚上，你和D在沙灘上邂逅，雖然萍水相逢，卻有相見恨晚的激動。你們牽著手散步，徜徉在柔軟的細沙上，嘩啦啦的海浪潮起潮落地拍打，D輕輕地哼起一首老歌：

我走遍茫茫的天涯路，我望斷遙遠的雲和樹
多少的往事堪重數，你呀你在何處……

探戈和著浪水的節拍，前進又後退，後退又前進，兩顆心彷彿也跟著移動。月光下，她臉上纖細的汗毛隨著聲音翕動，胸脯也跟著音量迷人地起伏，濃稠稠、甜蜜蜜的歌聲在耳邊迴盪，多希望時光就這樣靜止。可終究得匆匆分手，從此各奔東西，只留下記憶的痕跡。比爾．蓋茲說得好：所有的父母都因爲兒女的學費、生活的帳單，而變得言語乏味、面目可憎，今天如果不是你躺在病床，這些事我哪裡記得起來。

你是個正直的人，卽使偶爾使些小手段，如果不這樣，早被公司K走了，你常說：「能不稱讚主管是英明的嗎？能不讚美他那聒噪的女兒有多可愛嗎？能不說他家那隻笨狗有多討人喜歡嗎？能不偶爾和主管一起罵他的主管，表示和他同一戰線嗎？」

你還有一個優點，也是缺點：分析別人事情的時候，頭頭是道，考量自己的利害得失，卻亂七八糟。別人開會時，都知道要歌功頌德，只有你老愛吹毛求疵，指出主管的疏漏，你有直言不諱的美譽，卻換來丙等的考績。你自認爲光明坦蕩，其實是不識時務，你的女人多次勸誡，你卻當成耳邊風。你是A黨的忠實信徒，卻在一個同情B黨的公司任職，當同事們謾罵A黨時，你在角落保持緘默，當B黨荒腔走板時，你義正嚴詞地駁斥，你自覺公平正義，卻換來別人的冷漠和疏離。你曾經把憨厚的老蕭當成知己，因爲他同意你所有的意見，共餐的時候，他是最忠實的聽衆，一邊扒著飯，一邊瞪著眼睛，聚精會神地聽你演講，偶爾還頷首附和。你覺得遇到知音，常邀他一起喝咖啡，也歡迎別人加入同享，卻都被禮貌地拒絕。過了幾年，你才知道他曾得過腦膜炎，只能做些簡單的工作。

說到你的女人，我好像聽見她的聲音，正同女兒小胖說話：

「小胖，妳明天早點過來，記得要買兩顆蘋果，或是奇異果給老爸。」

「嗯，醫院說要給老爸換單人病房，換了嗎？」

「我不知道，待會兒再問問護理長，那人嘰嘰歪歪的，好像不怎麼情願。」

「媽，我們都在這裡，病房的東西怎麼辦？老爸的錢包有鎖起來嗎？」

「鎖起來了，鑰匙放在抽屜裡，老爸醒來就看到了。」

「那太危險了！萬一有人開抽屜，不就被偷走了？要不，我們託給護理站……。」

「不用了，你沒看到她們多忙嗎？我們只能防君子，不能防小人……。」

想不到你生死交關的時刻，她們討論的都是雞毛蒜皮的事，我覺得好氣又好笑，她們果然信了你的話，認爲手術萬無一失，多單純可愛的一對母女！不禁爲她們捏把冷汗，萬一你走了，她們怎麼辦？當地震天搖地撼的時候、當夜晚狂風暴雨來臨時，誰給她們依靠？誰來安撫她們？小胖總以爲理想中的男人都得和你一樣，卻不知道你是稀有動物，全台灣很難找到第二個，以你爲標準挑選對象，難怪至今還形單影隻。想到你的完美竟誤了女兒的終身，你常自怨自艾，想想優點太多未必是好事，人生眞是無奈。我為你的遭遇感到不安，忍不住嘆了一口氣，這時對面的景觀樹旁，坐著一男一女，滿面愁容，正在竊竊私語，女的說：「媽進去這麼久了，不知道有沒有危險？」男的說：「放心吧，再等一下看看！我們又不能進去。」

「告訴我，她在哪一房開刀，叫什麼名字，我幫你們看看。」我對著他們大喊，可是他們都聽不見，繼續愁眉深鎖唉聲嘆氣。我雖然幫不上忙，還是趕到開刀房，看看能否探些消息，好讓他們放心。長廊上，有幾張病床的患者仍在等待，那個嘰嘰歪歪的護理長剛好也在這兒，一個矮胖的護理師正跟她說：

「護理長，我已經連續五個禮拜上大夜班，下禮拜該輪到我上早班了吧！」

「妳再忍耐兩個禮拜，H的產假沒休完，她一銷假，馬上讓妳上早班。」

「這樣也不能老讓我上大夜，以前G休產假的時候，代她大夜的頂多不過兩個禮拜……。」

「現在情形不一樣，大家都忍耐一點吧！」

「這樣太不公平了！」

「不公平的事多呢，不上班就都公平了……。」護理長鐵青著臉，啪地一聲把資料夾丟在推車上，扭著腰走了。

護理師紅著眼眶，拿著病歷夾的手微微顫抖，嘴裡細聲嘀咕：「偏袒自己姪女，誰不知道……。」

小姑娘不要生氣，生氣會變老的，我邊走邊在她的耳邊呢喃，又對著她臉上的雀斑吹氣，想分散她的注意，可惜她毫無知覺。我想告訴她濫用權勢的小人多得是，不要和她們硬碰硬，會吃虧的。不要公開駁主管的面子，讓她下不了台，一下不了台，會用權勢壓妳，像她說的：「不公平的事多呢。」妳能奈她何？吃虧的還是自己，乖乖聽我的勸，我拍拍她的背，想安慰她，她卻愈走愈快，我在背後喊著：「走吧，走快一點，出出汗、透透氣，就沒那麼難過了。」看著她的背影逐漸消失，我回到了手術房。還好，你和剛才一樣，還是躺在那裡，我安心了，我知道如果有什麼事情發生，你的臉就會蓋上白布。

你的嘴角動了一下，好像有什麼話要說，我湊得近些，幾乎貼著你的臉，卻聽不到聲音。我猜你是想向陳總告狀：瑞典的培林換成日製品，是唐副座的意思，那天開會時，陳提到這事，唐故意看著你，好像這是你的主意，其實你是揹了黑鍋。還有，還有禮金……，你是要我跟老李道歉，當年他結婚的時候，你很困難，薪水都不夠用，紅包包得太寒酸了。唉，好兄弟不會計較這些的，放心吧，我會同他說的，老李不是小氣的人……還有什麼？車子刮到？哦，什麼？那天把小張的Lexus刮傷的是你，你一直不敢講，不知道要賠多少錢？這就是你不對了，刮到人家的車子還假裝若無其事，每天見面照樣跟人家打招呼，心裡卻忐忑不安，這又何必。早告訴你做人要勇敢一點，你卻當耳邊風，年輕的時候你不是這個樣子，老了倒愈來愈猥瑣。好了，不要婆婆媽媽了，這都是雞毛蒜皮的事，沒看到你們家的兩個女人正擔心你的手術嗎？沒聽到她們的談話嗎？

「媽，老爸進去四個鐘頭了。」

「放心吧，醫師說不會有危險，手術要三到六個鐘頭，現在才四個鐘頭。」你女人蹙著眉，看一下手錶。

「我還是擔心老爸，這種手術有風險嗎？」

「有風險也來不及了，花了這麼多錢，他不好，也得好。」

「媽，妳老是這樣，妳不擔心嗎？」

「擔心有什麼用？看老天的安排吧，妳以後要乖一點，不要讓大人擔心。」妳女人輕嘆了一口氣，隨即默默地看著小胖，大家都靜下來，不再說話。

不要擔心，不要擔心，一切有我呢！我叫著喊著回到你身邊，看看你有沒有好些，你卻還沉沉地睡著，我牢牢抓著你的手，怕一鬆開你就走了，你卻動也不動，只有胸膛還在起伏。外邊的風漸漸有些涼了，樹影隨著晚風簌簌地搖動，幾個早班的護理師已經下班，換上便服提著包包匆匆走了，診療室的醫師也看完門診，走向停車場準備回家，只有你還沒醒來。醫師正像裁縫一樣，一手拿著針、一手拿著鑷子，在你身上穿來穿去，不知道多久才會做完。時間過得慢極了，我如坐針氈，開始有些後悔，有點心慌，不知道你是不是生我的氣，故意就這樣走了，不再回來？我爲什麼這麼囉嗦，對你嘮嘮叨叨、說長道短，要你這樣那樣，想想如果我是你，未必做得更好，說了半天，不都是馬後炮嗎？否則布希不會打海珊，雷曼兄弟不會倒、歐元危機又怎麼會爆發，好兄弟，就當我說的都是屁話，不要生氣，早點醒來吧，快醒來吧，我求你了……。（二〇一三）

靈魂知己

你問我是誰？我是你的貼心小伴侶。

我們親如夫妻、密似情侶、情同手足，彼此不分離。夫妻會失和、兄弟能反目、姊妹會成仇，唯獨對你，我忠心不渝，每天陪你出門，無論走路、候車、搭車、上班、上學、約會，總是寸步不離。

你愛撫摸我的臉，輕輕拂著，心裡就一陣甜。要有那麼一天，你出門忘了帶上我，我樂得在家淸閒，你可就失魂落魄，不知所措。

你問我是誰？我是你的方向盤、指南針。迷路的时候，只要輕拂我的臉，我會告訴你怎麼走。我是你的百貨公司、便利商店。你想要啥，只要說一聲，我就把樣品秀出來，把價格列出來，往我臉上按幾下，付款也能搞定。

你問我是誰？我是超級顧問，疑難雜症我都懂，無論是股價漲跌、國際局勢演變、還是瘦身鍛練，只要摸摸我的臉，我就告訴你周全。你問我是誰？我是音樂庫、電影院兼圖書館，輕輕按著我的臉，你就能聽到喜愛的音樂、欣賞到嚮往的電影、瞄到想閱讀的書籍。你不斷拂著我的臉，不知要讓座給孕婦，不怕別人說你賤，game尚未over，哪理得那麼多？

你問我是誰？我是生財利器、民主發電機、獨裁催命符。從突尼西亞、利比亞到埃及，有誰不知我厲害？我讓強人喪膽、狂人殞命。即使在遙遠的非洲，做買賣也得和我先商量，你安坐家中，就知道漁獲多寡，鯖魚得賣多少錢。

你問我是誰？我是你靈魂的管理員，別那樣輕蔑看我，是賈大生下我，祖大養肥我（注一）。你總主動告訴我：早上九點鐘，吃了燒餅油條，十點罵Tony是shit，十一點鐘和Ella約會，你們談了什麼？吃了什麼？做了什麼？想了什麼？你們做過什麼？現在正做什麼？將來打算做什麼？我全知道。嘿嘿，不是我太聰明，而是你夠坦白，你對我坦白，也對所有人坦白。

我清楚你喜歡的顏色、鍾意的款式、憎恨的對象，因爲你片刻不停地傾訴，你對我眞是沒話說，有人把靈魂賣給魔鬼，你把靈魂交給我，祖少轉手把它給賣走，賣了多少錢？八億四千五百萬隻，賣了一千零四十億美元，一隻只值一百二十三塊美元，換成台幣三千六百元。你把身上的血全賣光，至少也有三萬元（注二）。

你說：枉你自稱是顧問，價值與價格竟搞混，再說靈魂一旦上了市，價格起落市場說了算，今天一百，明天可能上千。我說：「後天可能跌到十塊錢！」你嗤之以鼻說：「靈魂的價值誰知道！」大家都把魂兒交出來，可見它不值幾個錢，人家只要輕撫你的臉，互相窺探才來電，一切透明是正道，捂住隱私是草包，請你給我按個讚，世界一起讚！

輕拂我的臉，所有朋友出現在眼前，跨洲越洋、五湖西海全都有，你有成千上萬個朋友，唯獨只有我，陪你滿街走，朋友愈多愈孤獨，愈孤獨愈需要我。到頭來，你還得承認：嘿嘿嘿，我才是你唯一的朋友。（二〇一二）

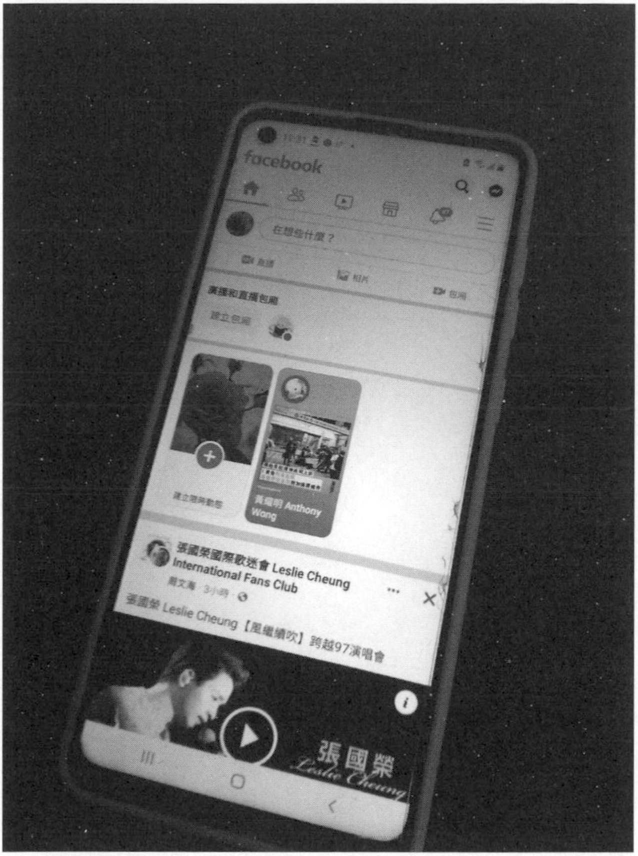

我是你貼心的小伴侶，賈大生下我，祖少養肥我。

後記：社群媒體的角色不斷變化，在臉書剛崛起的年代，它對許多獨裁國家的民主運動起了催化作用，可是後來除了臉書以外，其他的社群媒體相繼問世，專制政府也發現可以透過監控這些媒體，來控制人民。而在民主國家如美國，這些媒體也大到難以約束，它可以取消你的發言權，甚至決定哪些言論可以上架，哪些不行，二〇二〇年的美國總統大選就有許多這類爭論。

注釋

1 賈大指蘋果電腦的創辦人賈伯斯（Steve Jobs），祖少指臉書的老板祖克伯（Mark Zuckerberg）。

2 Facebook臉書於二〇一二年五月公開募股，每股三十八美元，獲得一百六十億美金，市值達一〇四二億美金，當時會員大約有八億四千萬人。

不離不棄的朋友

河邊的回收場不知何時已經搬遷，原先堆放的破銅爛鐵清得乾乾淨淨，以往常見的廢棄床墊不見蹤影，只剩下光禿禿的草地，乍看還眞不習慣。沒了回收場，那些腐朽的床、壓壞的墊會被丟到哪裡？想到人們對待這些親密朋友如此薄情，不免有些寒心，每次經過河邊，總想起家裡的舊床，回家忍不住動手拍拍，看這位老友是否健康。它總是砰砰聲低沉回應，聽來聲音仍然厚實，純手工製造的東西果然耐用。屈指一算，它已陪伴我二十五年，還是中氣十足，只是器官不免老舊，沒有年輕時結實，偶爾會發出聲響。說起來，這位朝夕相處的老友，雖不能疏財，但仗義是沒話說的，數十年來，忠心耿耿，無論什麼時候，都張開臂膀、敞開胸膛迎接主人。得意時，你在上面徜徉，心思歡樂地馳騁，它安靜與你分享；失意時，你輾轉反側，它默默忍受你的騷動；痛苦時，你跺跺腳踐踏，它也不生氣，任由你發洩。當你感受生命的快感時，它愉悅地見證你的活力，當你走過喧囂狂野、回歸平靜時，它也不嫌生活寡淡，棄你而去。

和這樣的朋友相處，你不用擔心花費開銷，不需講究排場派頭，不論富貴貧賤，它對你始終如一。說來慚愧，通常變心的是你，可能搬家了，想另結新歡，就嫌它風采失色，無情地拋棄了，或者它油盡燈枯，生命走到盡頭，就功成身退，被拆解成木料廢鐵，最終進入焚化爐，化爲灰燼，魂飛魄散地消失。

是的，通常薄倖的是人們，很多時候，它還風華正茂就被拋棄，由於如此年輕，上天不忍結束它的生命，就有好心人回收，也許動個手術，把某些器官換掉，把重要的關節強化，可能就有新主人相中它。新人也許是單身漢，或男或女、或年輕或壯年，也許是一對甜蜜的夫妻、經常爭吵的怨偶、一對相依爲命的兄弟、兩個無話不談的姊妹。從此以後，它將傾聽他們所有的心聲、分擔他們全部的憂愁、知曉他們全部的祕密，但你無須擔心它會洩露半句，因爲它永遠沉默、忠實、不出賣朋友。

有一天，如果你信步漫遊，經過河邊、山腳或雜草叢生的垃圾場，瞥見一片散架歪斜的床板、幾支缺肢斷腿的床腳、一張破爛洞穿的床墊，耗子在破洞口搖頭晃腦、蟑螂在上面猖狂爬行、綠頭蒼蠅飛舞盤旋，請不要忘記它曾是人類，特別是窮人最好的朋友，在你落魄困頓時，陪你度過艱難，在你生病時，陪你和命運搏鬥，如此忠心的朋友理應有個得體的歸宿。可由於人們的輕率、現實和冷血，它被棄置在這些偏僻齷齪的角落，任由日曬雨淋、蟲蛀蟻蝕風化，終於消亡。也許你該停佇片刻，默哀幾秒，才不枉相交一場。（二〇二一）

人生萬金油

一個悶熱的夏天中午，和以往許多假日一樣，偕家人到士東市場簡餐，照例光顧二樓熟食部。這裡有許多實惠的食肆，像自助餐、韓式烤肉、江浙小炒、三明治、陽春麵、蚵仔煎和豬腳飯，喜歡什麼口味，都能豐儉隨意地選擇。我們特別鍾愛豬腳飯，來到熟識的店家，剛坐定點完菜，鄰桌來了一位客人，由於裝扮特別，忍不住多看幾眼。

來客是個女子，拎個淡黃色塑膠袋，隱約露出袋內的衣服，看不出是外套還是內衣，但在三十五度的大熱天，還攜帶備用衣物，實在罕見。全身行頭儘管打理得乾淨俐落，仍流露寒傖的味道，像是講究的街友，身上配備齊全，後背扛著百寶包、水壺背在肩上、毛巾掛在腰間，雜什用品各有安頓處，大有哪裡都去得，無牽無掛地自在。她著一件灰色夾克，拉鏈直拉到下巴，再翻摺出來，露出內裡的衛生衣，滿頭灰髮似乎生來和灰色外套配搭，臉上的細紋顯示不到六十歲，那是歲月輕輕爬過的痕跡，只留下腳印，尚未刻出傷痕，世故沒在臉上沉澱。她有一股和年齡不相稱的稚氣，懷抱一個黑色的背包，打開的時候，夾在背包第一層的便條紙露出來，上頭有潦草的字跡，似乎每張紙都記著事情，她慢條斯理取出一疊報紙，皺皺巴巴，像從床腳下搜出的陳年舊報，她把憔悴的報紙攤開，雙手來回摩娑，像是想整平，摩娑一陣後，用淡黃色塑袋壓著，取出一個記事本，上頭夾著原子筆，拔出筆來，似乎想記些什麼，卻又放下來，對著我們，怯生生問：

「請問你們都點什麼？」

「我們點豬腳、虱目魚和炒青菜。」

「我只有一個人……」她露出爲難的表情。

「那妳可以點豬腳飯或魚肚飯。」

「那我點豬腳飯。」她說話的聲音很輕，像和老師對話的小學生，但微笑時露出潔白的牙齒，令人印象深刻。

豬腳飯一上桌，她合掌禱告，嘴裡喃喃自語，似乎唸著佛號。我們一邊用餐，一邊好奇瞄著她，她也微笑回視，雖然彼此的目光友善交集，我們卻不敢進一步搭訕。多年前一個奇異的經驗，記憶猶深，覺得和陌生人還是保持距離比較妥當。

那是一個同樣悶熱的中午，地點在龍山寺附近，我們在街上閒逛，遇見一位不染俗塵落髮的師父，她背著布做的搭褳，上頭繫著塑膠袋，隱約看得出裡邊有一瓶水和手帕，臉上掛著微笑，一種出家人慣有的慈悲笑容。她先客氣地問路：「附近的地藏王廟怎麼走？」我們詳細說了：「從這兒到那兒，再拐個彎……。」她卻一臉茫然，似乎無法理解。因爲距離不遠，索性帶她走到廟口，到了地藏王庵前，她又不想進去，合掌拜了幾下，一邊祈禱，一邊唸著佛號，祝禱完後，轉過身來，看著我們，欲言又止，我們望望她，鼓勵她說出來，停半晌，她才囁嚅道：「可以幫我一個忙嗎？」我們點頭答應，她忸忸怩怩地說：「我們的廟正在改建，大家都出來化緣……。」我們微笑表示理解，從皮夾子掏出幾張百元鈔，她卻連連揮手：「我不是這個意思。」我們以爲她難爲情，想把錢塞到她手裡，她的手卻縮回去，我們詫異望著她，只聽她輕輕地說：「我不是要你們的錢，我可以化緣，我是想找個地方住，外邊的旅館太貴，如果不住旅館，可以省一點……。」說完，有些尷尬地看我們。這下子，我們就爲難了，本來只想幫忙帶路，沒承想要布施，現在布施也不行，還要解決膳宿，讓陌生人住到家裡。我們雖然隨和，但還沒好客到這程度。事情的發展有些離奇，像電影或小說的情節，我們委婉地拒絕，但她並不死心，神色哀憐，再三懇求只住兩晚……。

我們實在無法答應，一再請她諒解家裡空間太小，不便待客，她才悻然告別。看她那麼失望，我們有些過意不去，硬塞張千元大鈔給她，才稍稍覺得安心，這回她倒沒推辭，看著她轉身離去的背影，我們如釋重負，喘了一口氣，往回走的時候，剛好瞧見旁邊店家的老板，似笑非笑地瞄著我們，神色中有難以言宣的曖昧，好像這故事還隱藏某些情節。炎陽照在老街的路面，逼人的暑氣，汗臭和食物的味道在空氣中流動，叫賣的吆喝聲從騎樓的間隙傳來，和身邊的人影車聲夾纏一起，眼前熟悉的街景突然像陌生的城鎮，我們恍恍惚惚往三水街的市場移動，一邊回想這次邂逅的經過……。萍水相逢怎會在街頭冒昧求宿？莫非從問路、帶路、借宿到化緣，都是精心策劃？想到這裡，商店老板揶揄的眼神又浮上心頭，更覺得受騙上當。事實是否如此，就像許多事情一樣，沒有機會求證。

不過，隨著年齡的增長，發覺果然人外有人，天外有天。有些人的想法確實非一般，難以常理相度，在萬華邂逅的師父未必自始存著心機，可能只是認爲陌生人也應對落難者伸出援手，卻未顧及對別人造成的不便，因爲她們的生活別有邏輯。這些信女們無論帶髮修行或削髮爲尼，大都有一顆善良的心，心甘情願地布施大衆、濟貧救苦，有一擲千金的豪邁。不過，對於塵世的俗規，她們常有令人費解的見地，譬如一方面篤信有機食品，講究食物來源，是科學的信徒，可對於生病就醫，又是神祕主義者，排斥醫院，獨鍾各種另類療法，相信吃五穀米、苦茶油、茹素、唸經、行善，就能遠離疾病，倘有病痛，寧願相信住在偏僻鄉間的某師父，必得經過驚險搖晃的吊橋，造訪高崖腳下的村莊，認準門口植有榕樹、擺著盆景的人家，裡面住著妙手回春的高人。

高人的經歷本身就是傳奇，本來也是普通人，因緣際會學到本領，如今光看氣色，觸摸筋骨，就能察覺來客何處有恙，只要認準穴道、順著脈絡，運氣按摩，就能將身上的邪穢逼出。血氣理順後，喝一碗水，略事休息，即使不是手到病除，至少能緩解病情。假設情況確實嚴重，非得借助藥力，師父會囑咐稍候片刻，隨即進入屋內配藥，半晌，將幾包黑色藥粉交給你，再三叮嚀飯後各服一匙，一周後再來複診，如果好奇詢問究何藥材，視機緣的親疏遠近，師父每有不同的答案：一曰「天機不可洩漏」、二曰「熊掌麝香燕窩等珍貴藥材」、三曰「祕方不宜示人」。聆聽之後，你恭敬收下，一周後，再爬山涉水、舟車勞頓，前來複診，若謂這山巔水涯的診所，訪客稀少，門可羅雀，那閣下可謂見識平凡，山腳的診所未必門庭若市，但來客總是絡繹不絕。

信女們恐懼醫院，不是沒有道理，相信靈魂不滅、輪迴轉世的她們認爲那是陰陽交界之處，新生兒帶著靈魂來到，舊生命則留下肉體離開，靈魂被帶往陰間，有車禍不幸往生的、有突罹絕症瞬間走的、有沉痾難癒終於解脫的。這是靈魂的交換所，也是凡人陽氣最虛之時，一旦被冤親債主糾纏，隨往冥界，就如溺水者被水草牽絆，無法掙脫，瞬間沉入水底，再上來時，只剩軀殼。醫院像青靈靈的水域，危機四伏，萬不得已需要開刀，也是前世欠下血債，以前殺人見血，今日只好血債血還，躺在檯上，任人宰割，任何人挨刀，她們都做如是觀。

就醫都這麼爲難，何況探病，倘有親友住院，交情再厚，關係再深，病況再險，總以各種藉口，省卻探病的麻煩，這和她們一向表現的慈悲如此不同。親友難免詫異，但終有明瞭之時，只能搖頭一哂，在她們看來無論夫妻拌嘴、婆媳失和、同事齟齬、同行怨妒、鄰里嫌隙、兄弟鬩牆、姊妹怨嗟、子女忤逆、妻妾爭寵、紅杏出牆、金屋藏嬌、酒醉毆妻、濫賭狂嫖、毀家蕩產、坑蒙拐騙、殺人放火，任何無理缺德、違法亂紀，乃至傷天害理的種種情事，終歸是前世債今生還，種種因緣皆有緣由，怨不得別人，也怪不得自己。有此覺悟，生活中再大的風浪，都能逆來順受，對自己如是要求，對他人也這般期許。

講到這裡，突然想起一種聞名的膏藥，它可食可抹、可內服外用，無論刀傷燙傷、扭傷擦傷、蚊蟲咬傷、健胃整腸、止渴化痰、小兒驚風、中暑暈眩、筋骨酸痛、傷風感冒種種不適病痛，一抹見效、一服病除。有此膏藥，心無罣礙，無有恐怖，遠離顛倒夢想，人生哪還有不如意事？（二〇〇八）

轉眼分離乍

看世界的方法 210

作者——賴瑞卿
攝影提供——賴瑞卿、張萬坤、楊朝諭、楊志隆、王薏瑄、shutterstock
封面設計——吳佳璘
責任編輯——林煜幃

董事長——林明燕
副董事長——林良珀
藝術總監——黃寶萍
執行顧問——謝恩仁

社長——許悔之
總編輯——林煜幃
副總編——施彥如
美術主編——吳佳璘
主編——魏于婷
行政助理——陳芃妤

策略顧問——黃惠美·郭旭原
郭思敏·郭孟君
顧問——張佳雯·施昇輝
謝恩仁·林志隆
法律顧問——國際通商法律事務所
邵瓊慧律師

出版——有鹿文化事業有限公司｜台北市大安區信義路三段106號10樓之4
T. 02-2700-8388｜F. 02-2700-8178｜www.uniqueroute.com
M. service@uniqueroute.com

製版印刷——鴻霖印刷傳媒股份有限公司

總經銷——紅螞蟻圖書有限公司｜台北市內湖區舊宗路二段121巷19號
T. 02-2795-3656｜F. 02-2795-4100｜www.e-redant.com

ISBN——978-626-95726-5-6
初版——2022年4月

定價——400元

轉眼分離乍 / 賴瑞卿著 —初版．— 臺北市：有鹿文化，2022.4．面；14.8×21 公分 —（看世界的方法；210）

ISBN 978-626-95726-5-6（平裝）　863.55 ………………………… 111003663